文春文庫

蝦夷拾遺 たば風

宇江佐真理

文藝春秋

目次

蝦夷拾遺　たば風

たば風

一

蝦夷松前藩《えぞまつまえはん》の城下にある法源寺《ほうげんじ》の山門に向かう時、西から吹いて来る強い風がまなの着物の裾《すそ》をめくった。

「あれ」

短い声を上げて裾を押さえると、山門の石段を上っていた続幸四郎《つづきこうしろう》が振り返った。

「見ないで下さい」

まなは慌てて幸四郎を制した。幸四郎は苦笑しながら「何もそのようにむきになって言うこともありますまい。我等は許婚《いいなずけ》の間柄ゆえ、気遣いは無用でござろう」と、応《こた》えた。

幸四郎は二十五歳、まなは十八だった。幸四郎とまなの婚姻に異を唱える者は、この松前城下に一人としていないと周りの者は口を揃える。それほど二人は似合いの組合せであったのだろう。

「まだ祝言は挙げておりませぬ内から、お互い遠慮もない態度をするのは、幾ら許婚とはいえ、よろしくないと母が申しました」

まなは顔を上げて言う。勝ち気な眼をしていると人に言われる。笑顔になっても、その眼だけは相手をしっかり見据《みす》えている。反対に幸四郎は笑うと糸のように細くなる。今もまなに向ける眼は優しく細められていた。

「そなたの母上は厳しいお人ゆえ、おっしゃることはごもっとも。しかし、我が家はまなさんのお家ほど仕来たりにうるさくありませぬ。もう少し呑気《のんき》に構えてもよろしいでしょう」

幸四郎はさり気なく、これから暮らすことになる続家の家風をまなに伝えた。

陽射《ひざ》しが眩《まぶ》しく降り注《そそ》いでいるというのに、この土地には独特の強い風が吹く。北北西の風は、まるで束《たば》になって吹きつけるからたば風《かぜ》と呼ぶのだろうか。春先になって少し勢力は弱まったものの、まなは鼻の頭を赤くし、時々、水洟《みずばな》を啜《すす》っていた。風がなければ汗ばむほどの陽気なのに。

山門前の花屋で買った樒《しきみ》を抱え、まなは幸四郎の後から境内に入った。高い杉の木立ちの上から烏《からす》の鳴き声がかまびすしい。墓参りに訪れた二人が、何か餌《えさ》になりそうな物を持って来たのかと様子を窺《うかが》っているのだ。

境内は本堂まで石畳が続いているが、その両側には墓石がびっしりと並んでいた。法源寺は代々の松前藩士が眠っている墓所である。

幸四郎は足早に納所《なっしょ》へ水桶《みずおけ》と柄杓《ひしゃく》を取りに行った。本日、二人は続家の墓に婚姻が調《ととの》った報告をしに来たのだった。幸四郎の広い背中を、まなは感慨深い思いで眺めた。それが夫となる男の背中だった。紋付羽織に縞の袴《はかま》は、普段お城に出仕する時の恰好《かっこう》でもある。幸四郎は松前藩の鷹部屋席《たかべやせき》の家臣で二百石を給わっていた。まなが続家の嫁になったら、幸四郎の背中を毎日見つめて暮らすことになる。それはまなにとって嬉しいくせに何んとも不思議な心地を感じさせる。

続幸四郎のことを特に意識するようになったのは、やはり縁談が持ち上がってからのことだろう。それまでは兄の鉄之助《てつのすけ》の友人という気持ちしかなかった。幸四郎と鉄之助は同い年だった。子供の頃から親しくしていて、幸四郎は西館《にしだて》のまなの家にもよく遊びに来ていたものである。西館は福山館《ふくやまだて》（松前城の前身）の西に位置するので、そう呼ばれる。山側の高台にあった。家の庭からは城下が一望のもとに見渡せる。館の物見櫓《ものみやぐら》の向こうには紺碧の海が見えた。福山館は、正式には城ではないのだが、城下の人々は「お城」と呼んで、何んら憚《はばか》ることはなかった。

鉄之助は友人の多い男だったから、幸四郎の他に何人も家に訪れた。楽し気に歓談している部屋にまなは茶菓《さか》や、たまさか酒を運んだ。年頃になったまなは兄の友人達といえども、若い男性を前にしては落ち着かない気持ちになった。しかし、少しでもはしゃいだ様子を見せると、母親のけさは「まあ、この娘は色気づいて」と、口汚く罵《ののし》った。まなは母親の直截《ちょくせつ》な言葉にいつも耳を塞《ふさ》ぎたい気持ちになった。よその母親はもっと穏やかで優しい物言いをするのに、どうして自分の母親はあんなに小意地が悪いのかと思う。だが、けさの言うことは、ずばりと物事の核心をついていた。だから誰も反論できない。

　けさは、まなの家である広瀬《ひろせ》家の女衆《おなごし》（女中）をしていたという。津軽の出身で、城下の商人の紹介で広瀬家に奉公するようになったのだ。

　この土地の住人は、様々な土地の出身者で構成されていた。城下の商人は上方、漁業に携《たずさ》わる者は秋田や津軽。杣夫《そまふ》、炭焼きに従事する者は南部の出身者が多かった。藩の家臣は参観《さんきん》交代で江戸へ行く機会が多いので言葉は江戸訛《なま》りである。商人は上方訛り、その他に秋田弁、津軽弁、南部弁と、様々な言葉が飛び交《か》う。さらに加えて、蝦夷（アイヌ民族）と呼ばれる古くからこの土地に住んでいる一族もいた。藩はこの蝦夷から鮭や獣の皮、彼等の造る工芸品等を買い上げている。浜で人足として働く蝦夷は奥地の村から出稼ぎに来ている者だった。

「吾《わ》ァ（私・自分）は口減らしのために松前に連れて来られたもんだが、女郎屋に売られるよりましだと辛抱したはんで」

　けさは自分の生い立ちをそんなふうにまなに語った。父親の主殿《とのも》には京出身の妻がいたが、この妻に子はできなかった。

　けさは長く奉公する内、主殿と理《わり》ない仲になり、鉄之助を頭《かしら》に四人の子を産んだ。まながハ歳になった時、妻は実家に戻り、けさが後添えに据えられた。それは主殿よりも先妻の意志であったようだ。子供達のために自分は身を引いた方がよいと考えたらしい。

まなは時々、先妻千景《ちかげ》の白い顔をぼんやりと思い出す。いつも細い声で話し、子供達には優しかった。あの人を母親と呼んで育ってもよかったのにと考えることもある。それが罰当《ばちあ》たりなことは百も承知であったから、まなは、決して口にすることはなかったが。

千景がいなくなると、けさは子供達に対して遠慮がなくなり、奉公人達にも小言が多くなった。以前はひと仕事終える度に煙管《きせる》で一服していた男衆《おとこし》などは、けさの姿を見ると慌てて納屋に逃げ込むようになった。

「悪《わ》りィ了簡《りょうけん》してる男だごど。何かというと休むことばかり考える。若い内は骨惜しみせず働くようでなければ、ろくな者にならねのす」

けさは男衆の利助《りすけ》に聞こえるように言う。

しかし、けさが家の采配《さいはい》を振るうようになってから、広瀬の家は潤うようにもなった。

米の穫《と》れない藩は家臣に松前周辺の商場《あきないば》を開放し、そこから収穫する産物を禄《ろく》として与えていた。城下の商人は、その産物を買い上げる。近江商人はそのために、はるばるこの北の地に出店《でだな》を構えているのだ。商人が少しでも安く買い叩《たた》こうとすると、けさは

「それではお前さんの店に品物は任《まか》されねのす。もっと高く買ってくれる店に鞍替《くらが》えし

ねばなんねすなあ」と、半ば脅《おど》すように言った。

「広瀬様の奥様には敵《かな》いませんなあ」

商人は渋々、けさの言い分を呑むのである。

しっかり者のけさであったから、鉄之助が嫁を迎える時は、新婚夫婦の部屋をきれいに造作し、嫁の昌江《まさえ》の家にもそれ相当の結納金を用意した。よその家は息子に嫁を迎えるとなったら、商人から借金をするような所もあったので、けさの評判は高かった。しかし、用意した結納金に対して、持ち込まれた昌江の嫁入り道具はさほどでもなかったらしい。

けさは「ご実家のお内所《ないしょ》は大変のようでござりやすなあ」と、ちくりと皮肉を洩《も》らし、昌江は祝言を挙げた早々に悔し涙に咽《むせ》ぶ羽目となった。まなは昌江が気の毒で「うちのおっ母《か》様《さま》はあの通りの人ですから、あまり気にしないで下さいな」と、必死で宥《なだ》めたものだ。

そんなけさも、まなの連れ合いとなる幸四郎には珍しく文句がなかった。

「まあ、鷹部屋席の平士《へいし》分《ぶん》だども、体格はいいし、頭も悪くねェす。そこそこの男前だし、根性もいいらしいから、まなにはうってつけの相手でござりやすなあ」

けさは主殿にそう言った。本心はもう少し禄の高い家に嫁がせたいようであったが、そういう家に適当な人物はいなかった。幸四郎の働き次第で家格を上げる可能性もあるので、けさは決心したのだ。

主殿もけさの言葉に相好《そうごう》を崩して相槌《あいづち》を打った。女衆上がりのけさに父は何も彼《か》も満足している訳ではないだろう。しかし、けさが子を産まなければ広瀬の家は存続が危ぶまれたはずだ。だから祖父母は黙ってけさを嫁にしたのだ。けさのたっぷりと肉のついた顔は、お世辞にも美人とは言えない。髪の量が多く、それを大ぶりの丸髷《まるまげ》に結い上げているので、なおさら顔が大きく見える。しかし、色は白かった。まなは母親の色白と量の多い髪を引き継いで生まれた。

けさが舅《しゅうと》、姑《しゅうとめ》の死に水を取ると、広瀬家でのけさの地位は不動のものとなった。

「さあ、まなさん、これが続の墓でござる。いずれ我々もこの墓に入ることになりましょう」

幸四郎は境内の奥にあった続家の墓の前に来ると、そう言った。まなはこくりと肯《うなず》いて、花立てに持って来た樒を供え、蠟燭《ろうそく》を立てた。

境内には他に墓参りの人もおらず、ひっそりと静まっている。強い風も少しおさまったようだ。鳥の鳴き声に混じり、法源寺の外にある小川のせせらぎが微《かす》かに聞こえた。その小川を境に法幢寺《ほうどうじ》がある。こちらは松前藩主と、その家族が眠る寺である。代々の藩主と代々の家臣の寺は隣り合っていた。

幸四郎は線香を立てると眼を閉じて掌《て》を合わせた。横でまなも同じように掌を合わせる。心を一つに続家の先祖に祝言の調った報告をすることは、まなにとってこの上もない倖《しあわ》せだった。

「わたくしは、ようやく母の小言を聞かずに暮らせるのですね」

まなはそんなことを言う。幸四郎は喉の奥でこもった笑い声を立てた。幸四郎の声が好き、とまなは思う。その顔も、その手も、そのうなじも、すべて好ましい。

「広瀬の母上は確かに口うるさいと聞いておりますが、そのお蔭でまなさんは、こんなにしっかりした娘さんになったではありませんか。母上に感謝しなければなりませぬ。裁縫も料理も、生計のやり方も、まなさんなら大丈夫と、うちの母上は太鼓判を押しておりました」

「嬉しい……でも、あまり期待しては駄目ですよ。わたくしは案外抜けたところがあるのですから」

「それも母上のお言葉ですか」

「ええ」

まなが応えると、幸四郎はまた愉快そうに笑った。それからまなの肩を引き寄せた。

「あれ、いけない。人に見られたら大変」

「誰もここにはおりません。よしんば人に見られても、噂《うわさ》などするものですか。我等は秋になれば晴れて夫婦でござる」

幸四郎はそう言って、まなを抱き締める腕に力を込めた。まなは幸福で目まいを覚えるほどだった。

「いついつまでもなかよく暮らしましょうね」

まなはうっとりした声で言う。

「そうですな。いついつまでも……」

幸四郎の声が頭の上から聞こえた。顔を上げると、二重瞼《ふたえまぶた》の幸四郎の瞳の中にまながいた。

二

まなの父の広瀬主殿は準寄合席《じゅんよりあいせき》（家老見習い）に属し、四百石を給わっていた。兄の鉄之助は見習いとしてお城に出仕している。いずれ主殿が隠居したあかつきには鉄之助がその立場を引き継ぐことになる。広瀬家は松前近郊の山と海に商場があるので、そこで働く使用人も十五人ほどいる。毎日の食事の仕度も並大抵ではない。

冬が長い松前では食料の確保も容易でないので、秋になるとけさの監督のもと、炉端《ろばた》下の室《むろ》に大根や人参、牛蒡《ごぼう》、太菜《たいな》などを貯蔵した。春や秋に出る山菜は干したり、塩蔵して保存した。漬物も漬物小屋に何樽も拵《こしら》えている。けさは奉公人の食事に対しては太っ腹であった。たくさん飯を喰わなければ力が出ないし、働く意欲も湧かない。ひもじい思いをさせて病になっては、薬代の方が高くつくという考えだった。

その代わり、奉公人には稼げ、稼げと口が酸っぱくなるほど檄《げき》を飛ばす。広瀬の奉公人は馬のように稼がされると、世間の人々は噂した。けさは、食べさせる物を食べさせ、払う物はきちんと払っているのだから、何を言われることもないと気にもしなかった。

二百坪の敷地には奉公人が寝泊まりする長屋も並んでいる。浜には漁の最盛期に奉公人や手伝いの者が寝泊まりする番小屋と主殿が夏の間過ごす別荘があった。他藩の四百石取りの家臣に比べたら、はるかに富裕な暮らしをしているのだった。

一方、まなが嫁入りする続家は前浜の港の近くにあった。別荘こそないが、屋敷は広い敷地に建っていた。特に幸四郎とまなが暮らすことになる部屋は、窓を開ければすぐ目の前が海である。毎晩、潮騒《しおさい》の音を聞きながら眠ることになる。まなはそれを大層、楽しみにしていた。

鷹部屋席は文字通り、藩主が鷹狩りをする時に伴《とも》をする家臣のことである。藩主の意のままに動く鷹を調教することのみならず、鷹の雛《ひな》を育てる役目もある。松前藩は将軍家に鷹を差し上げる習慣もあったからだ。幸四郎は幼い頃から馬術にもなじみ、動物好きであった。反対にまなは動物が苦手であった。まして鷹など傍《そば》に近づくことも恐ろしかった。

幸四郎は藩主の伴をするので、いざという時は護衛の役目も果たさなければならない。馬術とともに柳生新陰流《やぎゅうしんかげりゅう》の遣い手でもあった。続家の男子は幸四郎一人で、まなと同い年の妹と三つ年下の妹がいた。この二人の妹もまなが義理の姉になることを大層喜んでいる様子だった。母親のこうは藩主が親戚筋になる蠣崎《かきざき》家の出であった。育ちがよいせいで、いつも鷹揚《おうよう》な表情をしていた。声を荒らげるところは、ただの一度も見たことはないという。父親の続幸右衛門《こうえもん》は、今は隠居しているが、お務めをしていた頃は幸四郎と同じように鷹部屋席だった。幸四郎はこの父からお務めのあれこれを丁寧に伝授されたのだ。幸四郎は両親の自慢の息子だった。文武に優れ、人柄のよさは誰しも認めるところである。そんな男へ嫁ぐ自分が、まなはしみじみと倖せだと思う。まるで自分ほど倖せな者はこの世にいないのではないかとさえ思えていた。

気がつけば、まなはいつも幸四郎のことを考えていた。夕餉《ゆうげ》の仕度を手伝っている時も、床の間に花を活けている時も、ちくちく裁縫をしている時も。幸四郎のことを考えていれば一日が驚くほど早く過ぎた。早く秋になればよい。まなは祝言の日を指折り数えて待っていた。花嫁衣裳は、けさが城下の商人に依頼して京から取り寄せた。

松前は江戸よりも京となじみが深い。北前船《きたまえぶね》を駆使すれば江戸へ上る半分の行程で京へ辿《たど》り着く。それゆえ、日常の様々な物資も京から持ち込まれることが多かったのだ。

「広瀬の長女だはんで、みっともねェ恰好はさせられねのす」

けさは得意そうな表情で近所の人々に届けられた衣裳を披露した。鶴の縫い取りのある裲襠《うちかけ》と亀甲柄の緞子《どんす》の帯は衣桁《いこう》に拡げられた。

祝言の時には黙っていても人の目につくのだから、その前に見せびらかさなくてもいいのにと、まなは内心で思った。

床の間には続家から届けられた結納の品々も並び、後は秋の祝言を待つばかりのまなであった。

しかし、そんな幸福の絶頂にあったまなに突然、不幸が襲った。幸四郎がお務めの途中で倒れ、意識不明に陥《おちい》ってしまったのである。

その日、幸四郎は同じ鷹部屋席の家臣とともに藩主の伴をして鷹狩りに出かけた。幸四郎はその時、同僚の家臣の一人に、どうも頭痛がすると洩らしていたようだ。

「おぬし、風邪でも引いたか。ひと働きして汗をかけば、じきに治る」

同僚はそんな言葉を掛け、幸四郎も「そうだな」と、応えたという。

藩主の鷹狩りは立石野《たていしの》という広い野原で行なわれた。お鷹の力王丸《りきおうまる》はいつもと変わらぬ働きをして獲物の数も多く、藩主もことの外《ほか》、機嫌のよい様子であった。松前藩主、松前志摩守《しまのかみ》昌広《まさひろ》はまだ二十歳になったばかりの若者だった。幼い頃から癇《かん》が強く、城内の生活が少し続くと苛々《いらいら》が嵩《こう》じて感情を爆発させることが度々あった。家臣は昌広の機嫌を損《そこ》ねぬように、時々、城外へ連れ出して気分転換をさせた。鷹狩りもその一つだった。

気難しい昌広に仕えるには家臣も相当に神経を遣う。幸四郎も緊張を強《し》いられていたのは確かなことだった。

鷹狩りが首尾よくゆき、さてこれから帰城しようとする時、幸四郎は突然、全身を痙《けい》攣《れん》させて昏倒《こんとう》した。一緒にいた家臣が異変に気づき、慌てて幸四郎を侍医《じい》の許へ運んだが、幸四郎は昏々と眠り続けるばかりだった。

侍医はお務めの疲れが出たのだろうと言ったが、幸四郎の症状は中風《ちゅうぶう》で倒れた年寄りと同じものだった。幸四郎の若さでは考え難いことだったから、侍医もはっきりした病名は告げなかったのだろう。城にそのまま留め置くこともできず、幸四郎は夜も遅くなってから戸板にのせられて続家に帰された。

まなは幸四郎の異変を翌日の朝になってから知らされた。もちろん、慌てて続の家に駆けつけたが、幸四郎は意識が戻らないまま、青黒い顔で蒲団《ふとん》に寝かされていた。まなが声を掛けても眉一つ動かさなかった。

魂が抜けたような表情は、いつもの幸四郎と別人のように思えた。このまま幸四郎は死んでしまうのだろうか。まなは不安のために大粒の涙をこぼした。

まなは幸四郎が回復するまで枕許《まくらもと》に座っていたかったが、夕方になると男衆の利助が迎えに来た。

「今夜はこちらにおります」

まなは利助にそう言った。それはならないと利助は応えた。

「奥様は、まだ嫁でもねェのに続様のお家に居続けるのはよくねェことだとおっしゃいやした。どうぞ、お嬢様、ここは了簡して戻って下せェやし」

利助とまなのやり取りが聞こえたのだろう。幸四郎の母のこうが出て来て「まなさん、お家にお戻りなされませ。けささんのおっしゃることはもっともです。幸四郎のことはわたくし達にお任せ下さい」と、憔悴《しょうすい》しきった顔でそれでも言った。こうに言われては、まなも帰るしかなかった。翌日、また様子を見に来ますと言って、まなは渋々、広瀬の家に戻った。

帰宅すると、けさは眼を吊《つ》り上げてまなを叱《しか》った。いつまで人の家にいるのかという理由だった。

「でも、おっ母様、幸四郎様が倒れたのですよ。遊びに行っていた訳ではありません」

まなは珍しくけさに口を返した。

「嫁面《よめづら》して看病をしていたと言いてェのか」

けさの口調は小意地が悪かった。

「いけませんか」

「みっともねェことだなす。何んぼ理由があっても世間様はそうは見ねェのす。まな、続の家に行くことはまいね」

けさはまなに有無を言わせぬ調子で命じた。

お務めを終えて戻った主殿も「言う通りにしなさい」と、けさに口を揃えた。鉄之助と昌江は傍で何も言わない。

「お兄様、お義姉《ねえ》様、何かおっしゃって！」

まなは悲鳴のような声で鉄之助の胸に縋《すが》った。

「幸四郎の意識が戻るまで、お前は遠慮した方がいいだろう。あちらは必死で看病しておるのだ。まだ他人のお前が周りをうろちょろしては、あちらに余計な気遣いをさせることにもなる」

鉄之助は苦汁を飲んだような顔で言った。

「この家の者は皆、冷たい人ばかり。大嫌い、おっ母様の言いなりで。女衆上がりのおっ母様を、何をそれほど恐れることがあるのでしょう」

腹立ち紛れに言った途端、鉄之助の平手打ちがまなに飛んだ。昌江が慌ててまなを庇《かば》う。

「親不孝者、母親よりも男が大事か！」

鉄之助の言葉にまなは胸の内で「ああ」と溜め息をついた。けさの考えは総領の兄にもしっかりと根づいていた。けさの言うことは間違ってはいない。それはまなにも十分わかっていることだ。しかし、こんな場合、せめてまなの気の済むように黙って見ていてくれないものだろうか。それが、まなには情けなくも悲しかった。

「吾ァの気持ちは、まなにはわからねェのす。まだ小娘だはんで。もっと年を喰えばわかるはんで……」

けさは低い声で言うと、台所に向かった。

三

幸四郎は倒れてから三日後に意識を取り戻したが、半身が不自由な身体となってしまった。続家は妹のさやの祝言を先に進めたい様子であった。さやに婿を迎え、幸四郎を隠居させるためである。ここへ来て、まなと幸四郎の祝言は宙に浮いた形となったが、続家から、はっきりとした断わりの言葉はなかった。

「続の家は、さやさんの祝言を終えた後にまなを迎えるつもりでいるはんで。あれは幸四郎さんの看病をまなにさせる魂胆す。旦那様、この縁組は白紙に戻してけへ」

けさは、さやの噂が耳に入ると主殿に言った。主殿はそこでさすがに黙った。結納まで済んだ縁談を反故《ほご》にするのは、さすがの主殿も気が引けているようだ。黙った主殿にけさはつっと膝《ひざ》を進めた。

「何をためらいなさる。まなはお前様の大事な娘でござりやす。みすみす不幸になる所へは行かされねのす。なあに結納など形だけの仕来たりだはんで、これを引っ繰り返したところで事情が事情なだけに誰も陰口を叩く者はござりやせん。な、旦那様、決めてけへ」

いつもは仕来たり、仕来たりと笠《かさ》に着て言うけさが、ころりと自説を曲げている。まなはそれにも大層、腹が立った。もはや幸四郎のことで、泣いて泣いて泣き疲れたまなは表情のない顔で茶の間へ出て行くと、「わたくしは幸四郎様の所へ輿《こし》入れします」と、両親に告げた。

「何を喋《しゃべ》るか、この娘は」

けさは声を荒らげた。

「わたくしは幸四郎様が倒れた時から覚悟を決めておりました」

「あんな、よいよいの男の嫁になったところで先は見えている。お前ェにはこの先、幾らでも縁談があるはんで、ここはよっく考えて堪《こら》えてけへ、な、まな」

けさは最後には哀願の口調になった。まなは返事をしなかった。もはや母親の言葉に従うつもりはなかった。

「なしてそんなに幸四郎さんを庇う。もしや、お前ェ達は祝言を挙げる前から、まぐわった仲か」

けさの言葉にまなは思わず両耳を塞いだ。

「お父様、おっ母様の口を止めて。わたくし、このままでは気がおかしくなりそう……」

涙は涸《か》れたはずのまなの眼が、また濡れた。しかし、主殿は俯《うつむ》いたまま何も言わなかった。

「まな、お前ェの辛い気持ちはよっくわかるはんで。したども、たかが男一人のことでねェのか？　吾ァは一時、前の奥様の手前、四人も腹を痛めた子を諦《あきら》めねばなんねがったんだぞ。その気持ちがお前ェにわかるが？　子供わらし、四人もだぞ。それに比べたら幸四郎さん一人、なして諦めがつかねェ」

けさの言葉にまなは、はっと顔を上げた。

もしも千景が身を引かなかったとすれば、けさは女衆のまま、自分の子供達の成長を見守るしかなかった。あるいは祖父母の考えで国に戻されたかも知れないのだ。

けさが主殿の妻に据えられた時、けさはこの幸運をどれほど喜んだことだろう。ようやく自分の思いのままに子供達を育てることができるのだ。女衆上がりと陰口を叩かれないためにけさは広瀬の家のために尽くした。

鉄之助が藩校で優秀な成績を修めたとしても満足しなかった。もっと励め、もっと、と叱咤《しった》激励した。まなや弟妹達にも同様だった。それはけさの意地だった。だから、娘を不自由な身体となった男の許へ嫁がせることはどうしてもできない。それは、幸四郎への同情とはまた別のものだった。まなは母親の愛情を重苦しいほど感じた。他人に薄情と言われようが、けさは自分の意志を通すつもりなのだ。

「おっ母様はどうでもわたくしの縁組を反故にするつもりなのですね」

「ああ」と深く肯いたけさの顔は興奮で赤くなっていた。

「それなら、わたくしは自害致します」

まなの言葉にけさは獣のような声を上げた。「この、このッ」と叫びながら、まなの髪の毛を鷲摑《わしづか》みにして振り回した。まなはそうされても何んの痛みも感じなかった。そのまま母の手に掛かって息絶えるなら、いっそ、その方が気が楽だとさえ思った。広瀬の奥さんは娘を続の家の嫁にさせたくなくて、その手に掛けたのだと。むごい話でございますなあ。

近所の人々の噂話まで想像できた。だが、まなはけさの折檻《せっかん》で死ぬことはできなかった。

まなは手足を縛られて納戸に押し込められた。舌を噛《か》み切って自害したくても、手拭いで猿ぐつわをされていたのでそれもできなかった。まなはひえびえとした納戸の床に転がされて無念の涙を流すばかりであった。

まなの縁組は、その間に白紙に戻された。

幸四郎の両親は仲人の言葉に頭を下げ、堅い声で「承知致しました」と、応えたという。

四

その年の夏はどのように過ぎたのか、まなには思い出せない。まなはじっと自分の部屋にこもったままだった。誰とも会う気がせず、何をする気にもなれなかった。まなの元気のない理由は十分に知っているはずなのに、けさは、「この頃のまなはどうしたもんか、元気がねェのす。按配《あんばい》でも悪いんだろうか」と、近所の人に話していた。

一時は食事をすることもできない状態だったまなも、夏が過ぎるとようやく家族と話ができるまでになった。すると、けさは別の縁談の話を持ち出す。けさの無神経さに呆《あき》れて、まなは押し黙った。さすがに主殿は、もう少しまなが落ち着いてからでいいだろうと口添えしてくれたが。

しばらく外出していなかったまなは、秋の季節とともに新しい着物や頭に飾る物に心が魅《ひ》かれるようになった。いつもは辛抱、始末を口癖のように言うけさも珍しく財布の紐《ひも》を弛《ゆる》め、快くお金を出してくれた。まなは男衆の利助を伴にして城下の店に出かけた。

色とりどりの反物を目にしている時は、鬱陶《うっとう》しいものが忘れられるようだった。まなは秋物の普段着と冬の綿入れを作るために反物を二反求め、後で家に届けさせるよう店の手代に言いつけた。それから小間物屋に寄り、化粧《けわい》の品物も幾つか求めた。

買い物を終えると、利助はちょっと浜の番小屋に用事があるので寄って行きたいと言った。まなは特に急ぐこともなかったので利助の後に続いて浜に向かった。

利助は番小屋の前でまなを待たせると中に入って行った。まなはその間、浜辺に腰を下ろして海を見つめた。夏の間は淡い薄みずいろをしていた海も季節とともに紺碧の色合いを増していた。遠くには白い帆を風に膨《ふく》らませた北前船が三艘《そう》、ゆっくりと港を目指してやって来るところであった。

浜風がまなの着物の裾をはためかす。白い二布《ふたの》がめくれると、まなは慌てて立ち上がり、着物の前を直した。利助はまだ番小屋から出て来ない。おおかた、番小屋の男衆と莨《たばこ》を吹かしながら馬鹿話に興じているのだろう。けさのように「何をぐすぐずしているの」と、文句の一つも言ってやろうかと考えていた。

その時、波打ち際をゆっくりと歩いている男に気づいた。寝間着の上にどてらを羽織り、杖を突きながら覚つかない足取りで歩いている。続幸四郎だった。一時は床の上から立ち上がることもできなかったので、そうして一人で歩けるということは順調に回復しているのだろう。まなは胸がいっぱいになった。

「幸四郎様……」

まなの声が聞こえたのだろうか。幸四郎はまなの方を向いて、大きく眼を見開いた。そこにまながいることが信じられないという表情だった。

まなは微笑《ほほえ》むつもりだった。お元気になられたのですね、そんな言葉も掛けたかった。

しかし、幸四郎はくるりと踵《きびす》を返すと大慌てで戻って行った。自由の利く右足に任せて、左足を無理やりついて行かせようとするから、その足取りはぴょんぴょんと飛び跳《は》ねているように見えた。

「幸四郎様、逃げた……」

まなは幸四郎の後ろ姿に歌うように呟《つぶや》いた。

悲しみが胸に拡がった。まなが幸四郎に諦めがついたのは、まさにその時だった。

「お嬢様、お待たせして申し訳ありませんなあ」

ようやく番小屋から出て来た利助はすまない顔でまなに詫《わ》びた。

「お嬢様、どうしやした?」

利助は頬《ほお》を濡らすまなの涙を見て驚きの声を上げた。まなは何も言えず、ほろほろと泣き続けるばかりであった。

五

　まなは翌年の春、小姓組の小菅伝十郎《こすげでんじゅうろう》の許へ嫁いだ。伝十郎は三十六歳で、三年前に妻を亡くしてやもめでいた男である。前妻との間に子がなかったことが、けさの気に入った大きな理由であった。

　伝十郎は幸四郎とまなのことは十分に承知していて、さぞ、辛かったでしょうなあと、まなをいたわってくれた。妻を亡くした辛さも悲しみも知っていたからこそ、いたわりの言葉も素直に出たのだろう。まなは伝十郎とならこの先、一緒に暮らして行けるだろうと縁談を承知したのである。伝十郎の先妻のことも、幸四郎のことも小菅の家ではこだわりなく話すことができた。伝十郎の父親は数年前に鬼籍に入っており、残された母親も腰が二つ折れになったような老婆だった。もはや嫁のまなにあれこれ指図する元気はなかった。

　伝十郎が、婆さん婆さんと呼ぶものだから、まなも自然にお婆ちゃんと呼び掛けるようになった。日中は囲炉裏《いろり》の傍で雑巾《ぞうきん》をちくちく縫っているだけの人だった。晩飯を食べさせると、早々に寝間に引き上げるので、まなは余計な気遣いもせず、嫁としては気楽だった。

まなは次の年に男の子を産んだ。すると姑は安心したかのように静かに亡くなった。

「続の幸四郎は大した男でござるなあ」

晩飯の時、伝十郎は晩酌の酒にほろりとした顔で言った。姑が亡くなって、四十九日も過ぎた夜のことだった。

「幸四郎様がどうかしたのですか」

まなは藁《わら》で編んだいずめに入っている息子を時々あやしながら夫の話をさり気なく急《せ》かした。息子は伝十郎の名と一字違いの伝八郎という名である。色白で堅太りの伝八郎を、けさは溺愛《できあい》した。三日にあげず顔を見に来る。

母親となったまなは、もはやけさに反抗する理由もなく、人並の親子関係を続けていた。

「道場にやって来て竹刀《しない》を振るい出したそうだ」

隠居した幸四郎であったが、藩の道場に顔を出すのを咎《とが》める者はいないだろう。

「半身が不自由なはずだが、事情を知らぬ者は気づかぬだろう。以前より腕が上がったようにも思える。人間はその気になれば何んでもできるものだと、わしは心底、感心した」

「でも、幸四郎様は隠居されたので、お務めはできない相談でございましょう」

「それはそうだが、お務めは無理でも寺子屋の師匠になるとか、剣法の指南をするとか、色々生計の道は考えられる」

「本当にそうなればよろしいですねえ」

「お前、早まったと後悔せぬか」

伝十郎は悪戯《いたずら》っぽい顔でまなに訊いた。まなは、きゅっと伝十郎を睨《にら》んだ。

「いまさら何をおっしゃいます。確かに、あの頃は幸四郎様と結納まで交わしたのですから、たとえどのような事があろうとも、幸四郎様の許へ嫁ぎたいと考えておりました。でも、母が……」

まなは言葉を濁《にご》して伝十郎の盃《さかずき》に酒を注《つ》いだ。

「まあ、母親にすれば、あのような身体になった男の所へ嫁がせたくないと思うのも無理はござらん。そのお蔭でわしの出番が回って来たようなものだ」

「お前様は幸四郎様に同情されておるのか、そうでないのかわかりません」

「気の毒とは思うておる。だが、身体が元通りになったから、まなを返せと言われても、わしは困る」

「当たり前でございます。もはや済んだことです。わたくしは伝八郎をこれから育てて行かなければならない責任がございます。お前様は余計なことを考えなさいますな」

まなにぴしりと言われて、伝十郎は肩を竦《すく》めた。伝十郎はよい夫だとまなは思う。

しかし、祝言を挙げ、初夜の床に就いた時、伝十郎が「生娘《きむすめ》でござったのか」と、独り言のように呟いたのを、まなは忘れてはいない。

伝十郎はまなと幸四郎がそのような仲であっても不思議ではないと考えていたのだ。それこそ、けさが心配する世間の目であった。

だから、清い身体で嫁いだまなを伝十郎はことの外、大事にしてくれる。幸四郎の話も遠慮なくできるというものだった。

小菅の家は大松前川《おおまつまえがわ》の川岸に建っていた。

毎朝、目にするのは大松前川の滔々《とうとう》とした水の流れだった。秋には川岸が一面のすすき野原になる。まなは伝八郎を背負い、この川岸を散歩するのが日課だった。もはや、幸四郎のことは淡い思い出に変わっていた。


伝十郎の帰宅がとみに遅くなった。小姓組に属する伝十郎は藩主との距離が他の家臣に比べて近い。松前昌広は持病の癪《しゃく》が嵩じて、油断のならない状況が続いていた。伝十郎はそのために時刻通りに帰宅することができなかったのだ。しかし、理由はそれだけではなかった。藩内では跡目相続が俄《にわか》に問題となっていた。

昌広を隠居させると、順当にゆけば嗣子《しし》準之助《じゅんのすけ》が次期藩主に就くことになる。しかし、準之助はまだ四歳の幼児だった。とても藩政を委《ゆだ》ねることなどできない。寄合組（家老）

の家臣の中では、密《ひそ》かに昌広の叔父に当たる人物を藩主に据えようという動きがあった。特に執政《しっせい》（首席家老）の蠣崎将監《かきざきしょうげん》は強くそれを望んでいた。だが、準之助をとにかく藩主に据え、成人するまで寄合組が藩政を補佐すべきという意見も出ていた。昌広の正室幾子《いくこ》はもちろん、息子を藩主に就かせたいという気持ちが大である。そのために正室側につく家臣と執政の蠣崎側につく家臣が真っ二つに分かれた。

さらに、このような問題が起きていても、昌広にまだ隠居する意志のないことが厄介だった。伝十郎は、とにかく昌広の機嫌を取ることに気を遣わねばならない立場である。それが蠣崎側から正室に加担する者と見えていたのかも知れない。

伝十郎の帰宅は遅くなるばかりか、ついに館に泊まり込んで戻らない日々が続くようになった。それとともに、小菅家の周りには、普段見掛けることのなかった館の中間《ちゅうげん》達が徘徊《はいかい》するようになった。蠣崎側が伝十郎を見張っているのだ。隠居しようとしない昌広に伝十郎があらぬことを吹き込んでいると憶測したものであろうか。少しでも怪し気な動きがあった時は、すぐに蠣崎側に知らせるためだったらしい。

まなは、そういう藩の事情は知らされていなかった。ただ、伝十郎が戻らないことと、家の周りをうろつく中間達に不安な気持ちを募《つの》らせていた。

伝十郎から知らせが来たのは、館に泊まり込むようになって半月も経った頃だった。伝十郎は城下の味噌《みそ》屋の手代に味噌を届けさせながら、そっと文《ふみ》を託した。詳しい事情は一つも書かれていなかったが、伝八郎と一緒に一刻も早く西館の実家に戻れ、とあった。

味噌屋の手代は言付けを伝えると、そそくさと帰ったが、小菅の家を出ると、案の定、見張りの中間に呼び留められて、何やら訊ねられている。まなはその様子を障子を細めに開けて見た。懸命に言い訳する手代に中間の容赦のない鉄拳が振り下ろされた。それ以上、見ていることはできなかった。泣き叫ぶ手代が気の毒で、まなは両手で耳を塞いだ。

小菅の家は女衆と男衆が一人ずついたが、手代のことがあった翌日に二人は突然、姿を消した。

広い家にまなと伝八郎が二人残されてしまった。仕方なく伝八郎を背負って近くへ買い物に出れば、中間達がさり気なく後をつけて来る。少しでも脇道に逸《そ》れると「どこへ行きなさる。小菅殿と会うつもりか」と、血相を変えて詰め寄った。実家に戻れるどころではなかった。どうしたらよいものか、まなは暗澹《あんたん》たる気持ちに陥った。何がどうなっているのか事情がわからないことも恐怖だった。

西館の実家からは何んの連絡もなかった。父親も兄も、まなと伝八郎を案じていたが、蠣崎側に妙な勘繰りをされることを恐れているようだ。

夜になると風が強くなる。たば風はまなの不安をさらに掻《か》き立てた。戸締まりを厳重にしても、いつ不敵な輩《やから》が押し入って来るかと思えば、ろくに眠ることもできなかった。まなは台所の座敷に蒲団をのべて寝るようになった。もしも、そんな輩がやって来たら、すぐさま裏口から逃げるためだった。西館の実家に戻るならば夜でなければならないと思った。見張りの中間達は、夜になると引き上げて行ったからだ。しかし、実家へは館の横についた道を辿るしかなかった。堀沿いを北へ向かい、法源寺の裏手からさらに傾斜のある道を行くのだ。まなは、今、館に近づくのは危険だと感じていた。ならば、どうしたらよいのだろう。女の足で、しかも赤ん坊を背負って、真っ暗なけもの道を行くことなど、とてもできなかった。

途方に暮れていたある夜、裏口の戸が控えめに叩かれた。まなの胸はどきりと音を立てた。しばらく返事をせず、黙ったままでいたが、戸を叩く音は間を置いて静かに続いた。

まなは決心して戸口に近づき「誰？」と訊いた。

「まなさん、幸四郎です」

やや拙《つたな》く聞こえる言葉遣いながら、声の主はそう応えた。

「続幸四郎様？」

まなは確認するように訊いた。どうして幸四郎が自分を訪ねて来たのかわからなかった。

「鉄之助も母上も大層心配しております。せ、拙者、西館の家までご案内致します」

慌ててしんばり棒を外すと、果たして幸四郎はそこに立っていた。三年近くも幸四郎とは会っていない。部屋の灯りで幸四郎の少し痩《や》せた顔が映し出された。幸四郎はぶっさき羽織に野袴の恰好で、まるでこれから鷹狩りにでも行くようだった。手甲《てこう》もして、足許は脚絆《きゃはん》に草鞋《わらじ》履きである。

「兄に頼まれたのですか」

まなは幸四郎を中へ引き入れると、すぐさま戸を閉め、早口で訊いた。

「いえ……」

幸四郎はまなから視線を逸らして応えたが、その眼は蒲団に寝ている伝八郎に注がれている。ふわりと笑みが洩れた。

「幸四郎様、息子の伝八郎ですよ」

まなは幸四郎の背中をそっと押した。

幸四郎は感慨深い表情で伝八郎を見つめる。伝八郎は見慣れぬ幸四郎に人見知りして泣きべそをかいた。

「泣かなくてもいいのですよ。この方はわたくしのよく知っているお人ゆえ」

まなは伝八郎を抱き上げてあやした。それから幸四郎に話を続けた。

「幸四郎様はうちの人の事情をご存じなのですね」

「はい」

「うちの人がこの家に戻るのは危険なことなのですね」

「小菅殿は殿の傍から離れられぬご様子です。殿はもはや、乱心なされたとか」

「乱心……」

あまりのことにまなは二の句が継げなかった。

「お城は跡目相続のことで揉《も》めております。小菅殿はその騒動に巻き込まれておるのです。家に戻るより城にいた方がまだしも安全というものの、しかし、そうなると家におられるまなさんとご子息に危険が及ぶ恐れが出て参りました」

「では、幸四郎様はうちの人に頼まれて？」

「いえ……それは拙者の独断です」

「……」

幸四郎は自らの意志でまなと伝八郎を助けに来たという。そこまでする必要が幸四郎にあるのかと、まなは訝《いぶか》しんだ。

「拙者、まなさんに大層ご迷惑をお掛け致しました。せめて、このような時だけでもお役に立ちたいと思いました」

「そんな……迷惑だなんて、わたくしの方こそ薄情にも幸四郎様のことを……」

「あの時は仕方もござらん。拙者、恨んではおりませぬ。裏の山道から西館のお家に参りましょう。拙者が案内致す」

幸四郎の言葉に、まなは深い吐息をついた。

「ささ、早くお仕度を」

幸四郎はまなを急《せ》かした。

まなは伝八郎を背負い、ねんねこ半纏《ばんてん》を羽織った。むつき、むつきや身の周りの物を風呂敷に包もうとすると、幸四郎は何も手に持つなと制した。

「山歩きには邪魔です」

「でも……」

「西館のお家に行けば、そのような物、何んとでもなりましょう」

まなは言われた通りにした。伝八郎のむつきは取り替えたばかりだし、乳も飲ませた。回り道をしたとしても一刻《いっとき》（二時間）ほどで実家に着けるだろうと思った。

家を出ると、幸四郎は自然にまなの手を取った。人家のある所では提灯《ちょうちん》も点《つ》けられないので、幸四郎はまなの足許を心配してそうしたのだが、まなは胸の動悸《どうき》を覚えた。

久しぶりの幸四郎の手は温かかった。

六

幸四郎は大松前川の川岸まで下ると、そこから上流に向けて進んだ。幸四郎は鷹部屋席の家臣だったから、城下の地理には人より詳しい。人目につかない小道も心得ているようだ。すすきの穂がまなの頬を時々、嬲《なぶ》った。

大松前川の中空に盆のような月が昇っていた。そう言えば、もうすぐ仲秋の名月だとまなは気づいた。いつもは月見のためにすすきや萩《はぎ》、赤い蓼《たで》の花を飾り、月見団子と季節の野菜を供えるのが松前城下の習わしだった。今年はその準備ができなかったというより、月見そのものがまなの頭にはなかった。

青白い光が大松前川の水面を光らせていた。

提灯がいらないどころか、その月の光に自分達の姿が照らされるのをまなは恐れた。

「本当に大丈夫でしょうか」

まなは荒くなった息で幸四郎に訊く。

「今のところ、後をつけて来る者はおりませぬ」

幸四郎はまなを見下ろして応えた。時々、まなの背中の伝八郎の顔を覗《のぞ》く。

「どうやら眠ったようです。寝ている間に西館に着けるといいのですが」

伝八郎が泣き出しては敵に気づかれると案じていた。まなに背負われている時の伝八郎は割合おとなしくしている。それは大丈夫だろうと、まなは思った。

「まだ、時間は相当に掛かるのですか」

「これから脇の道に入ります。少し登りがきついのですが、まなさんは我慢できますか」

「どのようなことでも我慢致します」

まなはきっぱりと応えた。幸四郎はまなに微笑んだ。

「一つ、お訊ねしてもよろしいでしょうか」

まなは歩きながら低い声で訊いた。

「さて、何んでしょう」

「幸四郎様が倒れられて、しばらくしてから浜でわたくしと会いましたね」

「………」

「あの時、どうして逃げてしまわれたのですか」

幸四郎はまなの質問に答えなかった。ちょうど川岸から西館に通じる道が目の前に来たせいかも知れない。その道は今度こそ、漆黒の闇だった。鬱蒼《うっそう》とした樹木が月光を遮っていた。幸四郎は提灯に火を入れたが、足許をかろうじて照らすだけで、周りの景色はどこがどうなっているものやら、皆目見当もつかなかった。樹木の芳香だけが強く感じられた。半刻（一時間）ほど急な坂道を登ると、ようやく平坦《へいたん》な道になった。さらに歩みを進めると、立石野よりは狭いが広々とした野原に出た。周りを山で囲まれたその場所に立った時、まなは巨大なすり鉢の底にいるような気がした。初めて来る場所だった。

「ここは？」

「殿のお狩《か》り場《ば》です。しかし、滅多に訪れることはありません。殿は立石野の方がお気に入りでした。狩りの季節は通行を規制しております。山菜の宝庫でして、時々、城下の人々がこっそり入り込むのですが、見つかればきついお咎めがあります。日中は警護の役人がついていますが、藩がこのような事態なので、拙者は無人ではないかと考えました。この先に神明《しんめい》神社があります。西館はすぐ近くです」

神明神社は白鳥神官が触頭《ふれがしら》（支配頭）となって松前神楽《かぐら》等、藩の公式行事をとり行なう神社であった。そこからまなの実家はすぐだった。

だが、お狩り場を横切って進もうとした時、山際に設《しつら》えてある小屋から二つの人影が現れた。幸四郎の考えは甘かったようだ。警護の役人は夜間も待機していたのだ。

「何者だ」

月は頭上にあったが、男の顔は定かにわからない。まなは胸の潰《つぶ》れるような恐怖を覚えた。

「拙者は続幸四郎でござる」

「続？　おお、鷹部屋席におった者か。しかし、貴様は隠居の身の上。何ゆえ、この時分にこのような所を歩いておるのだ」

「なに、妻と息子を月見に誘い出しただけでござる」

幸四郎は臆《おく》することなく応えた。

「ほう、風流なこと。だが、ただ今、藩内は緊迫した状態であるゆえ、即刻、立ち去れい」

「はッ。お務めご苦労様にございます。ごめん」

幸四郎はそそくさと一礼すると、まなの手を取り、足早に男達の前を通り過ぎようとした。

「待たれい！」

もう一人の男が幸四郎とまなを制した。

「続殿、おぬし、いつ妻を迎えられた。そのような話は聞いておらぬが」

「二年前、祝言を挙げました。まあ、身内ですませましたゆえ、お手前方のお耳に入らなくとも無理はござらんが」

幸四郎はあくまでも平静を装って言った。

「ほう……二年前と言えば、おぬしは中風で倒れて自宅で静養していた頃だ。どこに祝言をする隙《すき》があったのだろうの」

執拗《しつよう》な詰問にさすがの幸四郎も黙った。それを不審と思ったのか、二人の男は同時に刀を抜いた。

「そのおなごは小菅の妻であろう。小菅は謀叛《むほん》者なり。妻子も同様に咎めを受けねばならぬ」

「妻子に罪はござらん。お手前方、何を血迷うて無体な振る舞いをなさるか」

「わざわざこのような道を通るおぬし等こそ、やましい心持ちをしておる。神妙に致せば中風のよいよいの命は助けて遣わす」

だが、まなと伝八郎の命はその限りでないと言いたいらしい。まなは歯の根が合わぬほど震えた。幸四郎は男の言葉に返事をせず、まなに目顔で後ろに下がれと命じて、自分も刀の鯉口《こいぐち》を切った。

「おもしろい。よいよいが我等と同等に勝負しようと言うらしい。受けて立つぞ」

男達は幸四郎を甘く見ているらしい。まなはそこで覚悟を決めた。幾ら、もと柳生新陰流の遣い手であっても、半身を患った身。しかも相手が二人では勝ち目はないと思った。

だが、幸四郎は果敢に二人の男との間合を詰めていった。右手だけで中段に構え、二人の様子を窺いながら右回りに身体を移動させる。

踏み込んで来た刀を奇妙な手捌《てさば》きで躱《かわ》した。

存外にできると見たのだろうか。男達は、今度は本気で突進して来た。幸四郎は一方の男の胸にすばやく切っ先を入れた。ぎゃっと獣じみた悲鳴が上がった。残った男はその隙に背後から大上段に刀を振りかざした。

「幸四郎様！」

まなが思わず叫んだ瞬間、幸四郎の右手は長刀から離れ、脇差を摑《つか》んで逆手《さかて》で背後の男の腹に突き入れた。聞くもおぞましい唸《うな》り声を上げて男は倒れた。もがき苦しむ男達に幸四郎は何んのためらいもなくとどめを刺した。

しばらくすると男達の声は聞こえなくなり、お狩り場にはひょうひょうと吹く風の音と、眼を覚ました伝八郎の泣き声が響くばかりであった。

「少し休みましょう。拙者も息が切れた」

幸四郎はそう言って小屋へまなを促した。

まなはまだ震えが止まらなかった。

「さ、早く。ひと休みしたら広瀬のお家に参りますぞ」

幸四郎はまなを励ますように言った。

小屋は小さな囲炉裏が切ってあり、炭の赤い色が見えた。小さな水屋もあった。幸四郎は柄杓で水瓶《みずがめ》から水を掬《すく》うとひと息で飲み干した。まなは座敷に座ると背中の伝八郎を下ろした。幸四郎に背を向けて伝八郎に乳を与えた。幸四郎はまなの背後から柄杓の水を飲ませてくれた。その味は甘く冷たかった。

「まだ、胸がどきどきしております」

「もう、大丈夫ですよ」

幸四郎はそう言って、柄杓を水屋に戻すとまなの後ろにそっと腰を下ろした。

「浜でまなさんを見かけた時は大層、驚きました。もはや二度と会えぬと思うておりましたゆえ……」

幸四郎は先刻のまなの問い掛けに改めて答えるように話し始めた。

「拙者はまなさんにお会いして嬉しかったのですが、一方、おのれの哀れな姿をまなさんに晒《さら》したことが恥ずかしくてなりませんでした」

「わたくしは決してそのようには思いませんでした」

まなは思わず振り向いた。かぽッと伝八郎の口から乳首が離れる音がした。幸四郎の前にまなの乳房が露《あらわ》になった。まなは慌てて胸を覆った。

「母親が子供に乳を与える姿はこの世で一番美しいものです」

幸四郎は取り繕うように言うと眼を伏せた。

「本当なら、伝八郎が幸四郎様の息子であったものを。これが本当の夫婦、親子であったものを……」

まなは涙をこぼしながら呟いた。

伝八郎はそれ以上、乳を求める様子もなく、とろとろと、まどろみ出した。幸四郎は、まなと伝八郎の様子をじっと見ていたが、やがて、その手がおずおずと伸びて、まなの襟《えり》に掛かった。その時のまなは幸四郎に何をされても構わないと心底思っていた。だが、幸四郎は露になったまなの胸を襦袢《じゅばん》の中に収めた。乳首が幸四郎の手に触れる微かな感触があっただけだ。

幸四郎はまなの胸許を直すと、つかの間、自分の手の甲を見つめた。そこにはまなの乳が一滴、草の雫《しずく》のようにこんもりと玉になっていた。幸四郎はあろうことか、その雫を舌で舐《な》めた。その瞬間、まなの全身を貫く感覚が走った。縋りつこうとすると、幸四郎は、「甘いですな。何んとも甘い……」と、照れ笑いにごまかした。まなは気を殺《そ》がれて俯いた。

「ささ、参りましょう」

幸四郎はまなの気持ちに頓着《とんちゃく》することなく、明るい声で言った。

仕方なく伝八郎を背負うまなに幸四郎は手を貸し、ねんねこ半纏を優しく掛けてくれた。

「小菅殿と以前の暮らしに戻りましたなら、もっとたくさん子供をお産みなさい。一人っ子は寂しいですからな」

その時だけ、幸四郎はまなの眼をじっと見つめて言った。まなは胸が塞《ふさ》がる思いだった。

「幸四郎様は？　奥様をお迎えになりませんの」

「さあ、どうですか。このような無役になった男の許へ来てくれる人がいるかどうか」

幸四郎は囲炉裏に灰を被《かぶ》せると、すぐに小屋の外に出てしまった。

西館の家まで、幸四郎はもう何も喋らなかった。玄関前に辿り着いた時、「では拙者はこれで」と、手短に言った。

「兄と会ってゆかないのですか」

「まなさん、拙者がまなさんをここまでお連れしたことは、どうぞ他言無用に。そうでなければ二人の男を斬った廉《かど》で拙者は藩から罪に問われます」

「………」

「もう、拙者のことは忘れて下さい。お会いするのも、今宵限りと……」

「そんな、幸四郎様はわたくしと伝八郎の命の恩人ですのに」

「拙者はまなさんに罪滅ぼしをしたかっただけです。もはや拙者の気も済みました。まなさん、どうぞ、お達者で」

幸四郎は深々と頭を下げると、くるりと踵を返した。そのまま、今度は館へ通じる道を戻る。藩の家臣に咎められたら、また月見に繰り出しましたと応えるのだろうか。まなは幸四郎の姿が闇に溶けるまで、じっと見送っていた。それが幸四郎を見た最後だった。

七

松前昌広が隠居すると、江戸から松前崇広《たかひろ》が藩主として迎えられた。松前崇広は昌広の祖父、松前章広《あきひろ》の六男で、今までは捨《す》て扶持《ぶち》を貰って江戸藩邸で暮らしていたのだ。昌広の子の準之助を崇広の嗣子とすることで、ようやく藩内の跡目相続問題は決着を見たのである。反目し合っていた正室側と蠣崎側の間も以前のことが嘘のように穏やかなものとなった。

蠣崎側が小菅伝十郎に抱いていたものも憶測と誤解であったと、ようやく認められた。伝十郎は常軌を逸した昌広を他の小姓組、昌広の近習《きんじゅう》、侍医とともに宥めるのに必死だった。館内の座敷牢に幽閉するために、昌広自身はもちろん、執政、正室の目をも欺《あざむ》く必要があったのである。

伝十郎は以前と同じように小姓組の務めを続けている。時々、当時を振り返って、あの時は生きた心地もなかったと、しみじみ呟いた。もしも昌広に自分達の本意を悟られたら、即刻、手討ちになっていたかも知れなかったからだ。

崇広が藩主に就くと同時に幕府から松前城の築城を命じられた。松前藩はこれによって、ようやく城主大名に格上げされたことになる。

続幸四郎は松前城が完成する前に、ひっそりと息を引き取った。まなを無事に西館の広瀬家に届けてから間もなく、二度目の発作を起こして倒れたからだ。今度は以前のように早々に回復することもならず、ひと月ほど寝ついたまま逝った。

まなは伝十郎の許しを得て、伝八郎を連れて葬儀に出席した。

あの驚異的な最初の回復は何ゆえだったのかと葬儀に訪れた客達は口々に語っていた。まなにはわかっていた。幸四郎はまなに罪滅ぼしをせぬ内は何んとしても死ぬことはできないと堅い決心をしていたことを。ようやく、それが叶い、幸四郎は思い残すことなく逝ったのだと。

お狩り場で二人の役人を斬り捨てたことは誰にも知られなかった。まなも堅く口を閉ざしたからだ。まなはそれから伝八郎の下に四人の子を産んだ。嫂《あによめ》の昌江に竈《かまど》を渡したけさは、頻繁に小菅の家に訪れて来た。姑のいないことを幸いに泊まってもいく。

けさは幸四郎が亡くなって何年も経ってから、「なあ、まな。西館にお前ェと伝八郎を連れて来てくれたのは幸四郎さんでねのが?」と、ふと訊いたことがあった。

まなは笑って取り合わなかったが、内心では大いに動揺していた。母親の目はごまかせないと思った。

「そんでもなあ、あの夜中に小菅の家から広瀬の家まで、よぐも来られたもんだと解せねェ気持ちもするはんで」

「あの時は必死だったのよ。人はいざという時は何んでもするものよ」

「まあ、それもそうだが……あれから間もなくだったなあ、幸四郎さんがまた倒れたのは。幸四郎さん、まなを嫁にしたがったべなあ。吾ァはつくづく、むごいことをしてしまったはんで」

弱気な言葉が出るようになったのは年のせいかとまなは思う。あの夜のことは、まなと幸四郎の二人だけの秘密だった。まなは終生、その秘密を胸に抱えているつもりだった。

時々まなは幸四郎の夢を見た。夢の中の幸四郎はまなを優しく抱き締める。まなは胸を拡げ、乳を吸わせようとするが、幸四郎は笑って首を振った。まなと幸四郎のいる場所はお狩り場の小屋であるはずなのに、次の瞬間は浜になり、幸四郎はまなに背を向け、覚つかない足取りで立ち去る。

まなは泣きながら後を追う。幸四郎の背は朧《おぼ》ろに霞《かす》んでいる。幸四郎様、幸四郎様と呼び掛けるまなの声も無情なたば風がかき消してしまう。何も彼も夢でありながら、着物の裾を割って吹き込んで来るたば風の冷たさだけが、まなにとってうつつのことに思えた。

恋文

一

うららかな春の陽射《ひざ》しは、こもれ陽となって庭の玉砂利に降り注《そそ》いでいる。微《かす》かな風が松や楓《かえで》の葉を揺らす度、玉砂利に射す白い光も、ちらちらと頼りなげに揺れた。

いくは庭に向けていた眼を、床の間を背にして座っている息子の右京《うきょう》へ静かに移した。烏帽子親《えぼしおや》の松浦友右衛門《ともえもん》が右京の後ろに、すっと立ったからだ。友右衛門は剃刀《かみそり》を手にしている。これから右京の前髪を落とすのだ。

熨斗目《のしめ》小袖に麻裃《あさがみしも》を着けた右京は大層凛々《りり》しく見えた。幼さの残る右京の顔に前髪頭はよく似合う。母親としては息子の前髪をもう少しそのままにしておきたかった。

その日、赤石《あかいし》家では右京の元服の式が執り行なわれた。右京は年が明けて十五歳になった。

養子先も決まったので、父親の赤石刑部《ぎょうぶ》は慌ただしく友右衛門に烏帽子親を頼み、本日の運びとなったのだ。

烏帽子親は元服の時の介添人のことで、実の父親に準じて父親と同等の関係になる人物である。元服は武家の子息にとって誕生祝いに継ぐ重要な儀式であった。右京の養子先のことも烏帽子親のことも夫の刑部はみくに一言の相談もなかった。皆、事後承諾である。今までのように、そしてこれからもそうであるように。

右京の烏帽子親が友右衛門になったことには、みくも反対ではない。しかし、何んの断わりもなかったのが恨めしい。それならそうで、式の前に友右衛門の妻女に、よろしくお頼みしますと、菓子折の一つも携《たずさ》えて挨拶《あいさつ》に伺い、女親が気を配らなければならない細かな仕来たりのことも、あれこれと指南を受けたかった。みくは町家の出であるので武家の仕来たりには疎《うと》いところがあった。右京の上に二人の息子を元服させていても不安な気持ちに変わりがなかった。

元服の式のことと烏帽子親のことをみくが知らされたのは三日前である。以前から、こういうことを予想して右京の衣装を調《ととの》えていたのが幸いだった。しかし、式で使う蓬《ほう》萊台《らいだい》や三方《さんぼう》にのせる熨斗、その他の飾り物を大慌てで用意しなければならなかった。稲荷町《いなりまち》どぶ店《だな》の飾り物屋「薊屋《あざみや》」は、みくの実家が昔から懇意にしていた店なので、無理が利いた。

そうでもなければ、とんだ恥をかいたところである。薊屋の帰りに実家に寄り、母親のやすに愚痴をこぼすと、「刑部様はせっかちなお人でございますからねえ」

やすは苦笑した。身分違いの家に嫁いだ娘がいつまでも案じられ、やすは、これまでも何かと気を遣ってくれた。実家の援助がなかったら、みくは四人の子供達を育て上げることすら覚つかなかっただろう。実家は下谷新寺町《したやしんてらまち》の蝦夷松前藩の上屋敷前にある呉服屋「よし井《い》」だった。

赤石刑部は松前藩の留守居役次席を務めている。生まれは蝦夷の松前であるが、御番《ごばん》入《い》り（役職に就くこと）してからは江戸定詰《じょうづ》めだった。刑部は、みくを見初《みそ》めて縁談を持ち込んだのだ。

藩の御長屋《おながや》の武者窓から、茶の湯や琴の稽古に通うみくを眺めている内に心を魅かれたという。思えば、あの頃から刑部はせっかちだった。仲人も立てずにいきなり「そこもとの娘御を……みく殿を拙者の妻にいただきたい」と、みくの父親に直談判《じかだんぱん》したのだから。

もちろん、父親の七左衛門《しちざえもん》は遠回しに断わった。手前どもの娘はお武家様には嫁げませんと。しかし、刑部は諦《あきら》めなかった。何んでも先代の殿の奥方様も町家の出で、藩内でも身分の差を気にする者はいないという。

面喰《めんく》らうみくの両親を尻目に刑部は勝手に話を進めた。みくは遠い蝦夷《えぞ》ヶ島《がしま》になど行きたくなかった。それを理由にすれば、「いやいや、拙者は江戸定詰めでござるから、お国許には隠居するまで戻りませぬ」と応える。

その内、もはや、みくは嫁ぐしかないような状況に追い込まれてしまった。刑部が毎

日のように、よし井を訪れるからだ。七左衛門も、

「これほど思われているなら、女冥利《みょうり》に尽きるというものだ。おみく、了簡《りょうけん》しなさい」

とうとう匙《さじ》を投げた。みくは父親の言葉に従うしかなかった。

みくは形式だけ藩の家老、村上内膳《ないぜん》の養女となり、そこから改めて赤石家へ嫁いだ。刑部の両親は息子の婚礼といえども、はるばる蝦夷の松前からは、やって来られず、参列したのは藩の江戸詰めの家臣ばかりだった。

もっとも、松前藩は家臣のおおかたが親戚関係にあったので、国許の刑部の両親が婚礼の式に欠席することを、さして苦にするふうもなかった。

刑部は妻帯すると藩から屋敷を与えられた。

上屋敷からもよし井からも近い稲荷町の一郭だった。その辺りは俗にどぶ店とも呼ばれている。飾り物屋の薊屋とは同じ町内でもある。みくはそこで、舅姑《しゅうと》に仕える苦労もなく、四人の子供を生んだ。長女の静江《しずえ》、長男の織部《おりべ》、次男の左太夫《さだゆう》、そして三男の右京である。

静江は松前藩の侍医《じい》の許へ嫁ぎ、織部は見習いとして、ただ今は国許でお務めに励んでいる。次男の左太夫も藩の家臣である酒井家へ養子にゆき、同じく国許にいる。

右京の養子先も松前藩の小平《こひら》家である。当たり前のことながら、赤石家の子供達が松前藩一色に染められているのが、みくには鬱陶《うっとう》しかった。

右京が元服すると、みくの母親としてのつとめも一応終わったということになる。右京の元服が近づくにつれ、みくの胸の中には、ある決心が次第に大きな位置を占めるようになった。

刑部はそろそろ長男の織部に家督を譲って隠居したい様子だった。最近、しきりに松前の話をする。刑部は隠居したら松前に戻るつもりなのだ。みくはその時、刑部と同行する気はなかった。江戸で生まれ、江戸で育ったみくにとって、蝦夷地は想像すらできない遠い所である。そこにこれから暮らし、骨を埋めるなどとてもできないと思っている。

我儘《わがまま》を通すには離縁しかなかった。

右京の前髪が落とされると、列席した者は口々に祝いの言葉を述べ、後方に控えていたみくにも養育の労をねぎらった。みくは袖で眼を拭いながら頭を下げ続けたが、みくの涙に別の意味が含まれていたことは、誰も気がつかなかった。

前髪を落とした右京の顔はのっぺりとして、いつもの右京ではなく、よその息子のようだった。

二

「右京さんの元服が済んだらの、刑部様はお国許へ引っ込むという噂があるんやけど、それはほんまのことなんか」

京生まれのやすは今でも僅《わず》かに訛《なま》りがある。

呉服屋という商売を続けていく上では、それが大層役立ってきた。婚礼の衣装を誂《あつら》えにきた娘などは、やすに安心して、すべてを任《まか》せる。俗に京の着倒れという言葉もあるように、京の女は着物に目ざとい。やすも着物のことなら、一目見ただけで、どういう生地で、値《あたい》は幾らと即座に言い当てることができた。赤石の家に嫁いだ娘がさほどいい思いをしていないことも着物と帯から見抜いている。

右京の元服式が滞《とどこお》りなく済むと、みくは内祝いの品を携えてよし井を訪れた。よし井は七左衛門が亡くなってから、兄の平八《へいはち》が主《あるじ》となって店を引き継いでいた。日中はやすも店に出て客の相手をしている。還暦をとうに過ぎているが、まだまだ矍鑠《かくしやく》としたものだ。

「さあ、どうでしょう。あちらのご両親は亡くなりましたけど、ご兄弟やご親戚の方はいらっしゃるので、旦那様が隠居されたら、そういうことになるかも知れませんねえ」

みくは他人事のように言った。

「そしたら、あんたも一緒に行かなならんねえ」

「わたくしは嫌《い》やですよ。蝦夷ヶ島に行ったら、おっ母様の顔も見られなくなりますもの」

「そやかて、あんたは刑部様の女房やないの。嫌やとはよう言われしまへんやろ」

「わたくし、赤石の家には十分尽くしたと思っておりますよ。もう、お役ごめんにしてほしいのです」

「そんなら、どないすると？」

やすは驚いた顔でみくを見つめた。

「わたくしは旦那様と離縁する覚悟でおります」

みくはきっぱりと言った。

「あんた、本気かえ」

「ええ。もともと旦那様に輿入れするのも気の進まなかったことですし、いざ、暮らしてみても、さほどいいことは……」

静江が婚礼をする時、お国許は鰊《にしん》の凶漁で、家臣の禄は大幅に減らされた。手持ちの物では足りず、みくはよし井の両親に縋《すが》った。

松前藩は米の穫《と》れない土地なので、海産物や交易で財政を賄《まかな》っていた。江戸詰めの家臣には切り米《まい》（扶持米《ふち》）が与えられていたが、江戸は物価が高いので、減らされた禄から暮らしの支払いをすると、婚礼の仕度をする金は残らなかった。よし井の援助で何んとか静江の仕度は間に合ったが、その時の刑部の言い草が憎らしかった。

「まあ、静江はよし井の初孫でもあるから、金を出しても罰《ばち》は当たりますまい」

みくは内心で、まあこの人、と呆れた。

だが、よし井の援助を求めることは静江の婚礼に限らなかった。織部の時も、左太夫の時も。みくは幾ら実家とはいえ、肩身の狭い思いを味わった。刑部がよし井に対し、礼の言葉一つなかったのもこたえた。刑部は自分以外の考えを受け入れない男だった。ましで町家育ちのみくの言葉に耳を傾けるなどは皆無である。

「ほんなら、あんたはよし井に戻るつもりかえ」

やすは早口で続けた。

「いけない？」

みくは無邪気に訊く。

「離縁した娘は実家に戻るしかないけれど、それにしても、あんた、あんまり簡単に言いますなあ。刑部様はそのこと、承知してますのんか」

「ううん……わたくしのことなど眼中にない人だから、露ほども考えていないでしょうよ。きっと、眼を丸くして驚く。ああ、いい気味」

みくは小意地悪く言った。

「そやかて、二十五年も連れ添った夫婦やないの」

「おっ母様、わたくしは二十五年も辛抱したのですよ」

みくはやすの言葉を柔らかく訂正した。

「お国許には、どうでもついて行きたくないということなんか……」

「そう。一つぐらい我儘を言ってもいいでしょう？」

みくの言葉に、やすは長い吐息をついただけで返事をしなかった。その我儘は、みくのこれからを大きく左右するものでもあったからだ。

「わたくし、兄様の居候になる気はないのですよ。小さな小間物屋でもやって、自分の喰い扶持は稼ぐつもり。だから、おっ母様はあまり心配しないで」

みくはやすを安心させるように言った。

娘の決心が堅いことを察すると、やすは観念して、兄の平八に話をしておくと言ってくれた。

気掛かりが一つ片づいたみくは、刑部に話をする前に、家に残っている右京に、その話をしようと思った。

右京は末っ子のせいもあり、みくがことさら愛情を感じている息子であった。他の三人の子供は赤石家の血筋を引いている顔立ちだが、右京は違った。七左衛門譲りの色白で面長な顔、切れ長の眼、穏やかな性格を引き継いでいる。その一方、刑部の期待に応え、学問にも剣術にも熱心であった。

みくがよし井から戻ると、右京は剣術の稽古を終えて、自分の部屋で書見《しょけん》をしている様子だった。右京は藩校で算学を得意としている。いずれ家老職に就いたあかつきには松前藩の財政を支える人物になるだろうと期待されている。養子先の小平家は代々、家老職を仰せつかる家柄だった。口さがない連中は奥様のご実家は商家だから、算勘の技に長《た》けているのも道理、と陰口を叩いているらしい。

みくは到来物の羊羹《ようかん》を切り、茶の入った湯呑を盆にのせて右京の部屋に運んだ。

「ご精が出ますこと」

さり気なく声を掛けて障子を開けると、右京はこちらを振り向き、笑顔でみくを迎えた。

少年から青年に移る間の、匂うような若さが眩《まぶ》しい。

「やあ、ちょうど甘い物がほしいと思っていたところです。母上は本当にわたしの気持ちがよくわかっていらっしゃる」

「まあまあ、お世辞のよろしいこと」

「お世辞ではありません。小平の鈴《すず》殿も母上のようなおなごならよいと思っておりますが、どうでしょうか。琴は堪能のご様子ですが」

鈴は右京の許婚《いいなずけ》で、まだ十歳だった。あと四、五年もしたら祝言を挙げることになる。

「まだ子供ですから、これから色々とお行儀やら何やらを学べば、必ずよい奥様におなりですよ」

「そうですね。わたしもお国許に参りましたら、学問をする時間もあまりなくなりますので、江戸にいる内に少しでも多く学びたいと考えております」

「それは、ご立派な心掛けですね」

「どうぞ、お国許でもよろしくご指導下さい」

右京はそこで律儀に頭を下げた。

「そのことですけどね、旦那様が隠居されてお国許にお戻りになるとしても、わたくしはご遠慮しようと思っているのです」

黒文字《くろもじ》で羊羹を口に運んでいた右京の手が止まった。

「松前には行かないとおっしゃるのですか」

「ええ」

「どうしてです？」

「どうしてって、わたくしは江戸しか知らない女ですから、蝦夷ヶ島の暮らしはとても無理だと思うのです。冬はたくさん雪が降り、大層寒いそうですし」

「住めば都ですよ」

「…………」

「母上が蝦夷ヶ島とおっしゃると、わたしの耳には鬼ヶ島のように聞こえます。まあ、諸藩の中では最も北にある土地ですから、母上が不安を覚える気持ちもわかります。しかし、あちらには兄上や姉上もいらっしゃることですから大丈夫ですよ」

「右京さん、わたくしは旦那様と離縁しようと考えているのです。蝦夷ヶ島に行かないというのは、一つの理由に過ぎないのです」

右京は耳を疑うという表情でみくの顔をまじまじと見つめた。それから菓子皿を静かに置いた。

「以前から、そのことを考えていらしたのですか」

「ええ。あなたが元服するまでは、と辛抱しておりました。もはや、わたくしのつとめも終わりました。あなたはもう一人前の大人です。これからはわたくしが傍におらずとも立派にお役目を果たすことでしょう」

「父上の何が気に入らないのですか」

右京は喉の渇きを癒《いや》すように、いっきに湯呑の中身を飲み干してから訊いた。

「別に気に入らないところなどありませんよ。旦那様は真面目にお務めに励み、それはそれでご立派でした」

「しかし、致仕《ちし》(隠居)された後は一緒にいたくないということですね」

「はい……」

みくは渋々、肯《うなず》いた。

「父上には一片の情もない、離縁しても未練はないとおっしゃるか！」

右京はその時だけ、声を荒らげた。みくはその声に肝《きも》が冷えた。子供だ子供だと思っていた右京の顔には大人の男の分別が感じられた。みくは感動すると同時に畏《おそ》れも覚えた。

二人の間には、しばらく、居心地の悪い沈黙が続いた。

「まだ、このことは父上にはお話しになりませぬように」

やがて右京は低い声で言った。

「なぜですか。わたくしはもう覚悟を決めたことです」

「逆上しますよ」

右京はみくを上目遣いに見ながら言う。

「脅《おど》かさないで下さいな」

「父上は母上のことが心底お好きで、身分の差も顧みず、強引に祝言にまで運んだではないですか。そのために、お国許のお祖父《じい》様の怒りを買い、しばらくは音信も途絶えていた時期があったのですよ」

そんなことは初耳だった。

「どなたに聞いたのですか」

「父上が酔った拍子におっしゃったことがありました。傍にいらした方も、さもあろうと相槌を打っておりました。お若い頃の母上はそれはそれはおきれいだったと……いや、今も十分おきれいですが」

　右京は取ってつけたように言った。

「わたくしはいつまで黙っておればよろしいのですか」

　みくは堅い声で右京に訊いた。右京の言葉ににやけていたら、みくのせっかくの決心も、うやむやにされてしまうと思った。

「わたしの……気持ちの整理がつくまでです」

「……」

「わたしは母上が大好きです。もちろん、父上も好きです。お二人が別れるということは、わたしにとっても一大事なのです。どうか、時間を下さい」

　俯《うつむ》いた右京の横顔が翳《かげ》って見えた。たそがれが迫っていたせいだろうか。みくは静かに肯くと、空いた湯呑と菓子皿を盆にのせ、台所へ運んだ。

右京は、しばらくの間、みくを避けるような態度をとっていた。やむなく口を利かなければならない時も必要最低限の言葉しか喋らない。それも、なるべくみくと眼を合わせないようにする。

まだ十五歳の右京にむごいことを言ってしまったと、みくは後悔していた。上の三人の子供達はともかく、右京はまだ、両親の愛情に包まれていたい年齢である。傷ついていることは察せられたが、それだからと言って、刑部と別れたいというみくの気持ちは変わらなかった。

三

その間に刑部は藩に致仕願いを出し、来年の春、藩主が帰藩するのに同行して自分も松前に戻るつもりでいるようだ。さすがにこの時ばかりはみくに、

「わしは来年隠居する。右京の養子先も決まったことだし、もはや江戸におっても仕方がない。お国許は家老連中が勝手なことをして、ごたごたしているということだ。殿はこの際、大幅な人事の異動を考えておられる。わしはそこで、織部を家老の末席に据えるよう運動するつもりだ。まあ、それがわしの最後の仕事だな」

そう言って刑部は破顔した。

「長い間、お疲れ様でございました」

　みくは殊勝に頭を下げた。

「右京の奴、この頃、やけに機嫌が悪い。何んぞ心当たりがあるか」

　刑部は突然思い出したようにみくに訊いた。

　みくの胸は、つんと疼《うず》く。しかし、何事もない顔を取り繕った。

「いいえ、存じません」

「そうか……あの年頃は難しいものだの。訳もないのにぷりぷりしよる。お前もそれとなく注意を与えろ」

「はい……」

　刑部の表情には、みくの内心の思いに気づいている様子は微塵《みじん》もない。それが小面《こづら》憎い。いっそ、ここで何も彼《か》もさらけ出したら、どれほど胸がすっとするだろうと思った。

「みく、松前に戻ったらの、生の鮑《あわび》やうにをいやというほど喰わしてやるぞ」

　刑部はみくの気を惹《ひ》くように言った。

「鮑やうにはご城下の商人に渡さなければならない物ではございませんか」

　知行《ちぎょう》場所で収穫した産物は城下の近江《おうみ》商人に渡して金に換えていた。その大事な産物を家族が食べてしまうのには抵抗があるというものだ。

「なあに。うまい物は人に喰わせるだけが能ではない。たまには毒味もせねば。わしは鮑のおつけが好物よ。江戸では滅多にできぬことゆえ、お国許に戻ったら、たっぷりと堪能するつもりじゃ。貝つきのままの鮑を二、三十も鍋に放り込んで煮てな、歯ごたえのある身をがにゃがにゃと喰い、だしの効いた汁を啜《すす》るんじゃ。みく、こたえられない味だぞ」

刑部は今しも涎《よだれ》を垂らしそうな顔で言う。

鮑の味噌汁など、江戸に住む者には想像もできない贅沢《ぜいたく》な物だ。

たかだか一万石の小藩ながら、松前城下は豊かな海の幸、山の幸に恵まれている土地だった。

参観交代《さんきんこうたい》の掛かりに苦慮しているのは松前藩ばかりではないが、家臣の暮らしぶりは他藩に比べて、まだしも余裕があった。

やすは松前藩の武士の紋付が、よそより高級な生地を使っていると言ったことがあった。

松前は江戸より京と馴染《なじ》みのある土地柄である。北前船《きたまえぶね》を駆使すれば、江戸へ向かう半分の行程で京へ辿《たど》り着く。松前へ運び込まれる物資も自然、そちらからの物が多いのだ。

「旦那様には大層楽しみなことですね。お国許には何十年もお戻りではなかったのですから」

「かれこれ三十年ぶりだ。わしはその間、親の死に目にも会えなんだ。親不孝してしまったものだ」

刑部はしみじみとした口調になった。

「お務めがあったのですから是非もありませぬ」

「……」

刑部が黙ったのは、それが務めだけの問題ではなかったと言いたかったのだろう。みくを妻にしたために刑部は父親の怒りを買い、音信がしばらく途絶えていた時期もあったという。

すまないという思いがみくの胸を掠《かす》めたが、別れを覚悟しているみくにとって、それは、さして心の重荷とはならなかった。

右京が怪我《けが》をして友人に支えられて戻ったのは、刑部の致仕願いが受理されて間もなくのことだった。

真夏を迎え、拝領屋敷の庭では蟬《せみ》の鳴き声がかまびすしかった。暑さのせいで誰もがいらいらしていたが、それにしても、普段はおとなしい右京が喧嘩《けんか》をするとは驚きだった。

一緒にいた友人は、右京が悪いのではない、相手が悪かったと盛んに強調していた。

近所の医者を呼び、手当をして貰うと、医者は大したことはないが、二、三日安静にするようにと言った。

右京は友人の神成善太郎《かんなりぜんたろう》と帰宅途中、稲荷町の大部屋組の役者に絡《から》まれたのだ。稲荷町は芝居小屋のその他一同の役者が固まって住んでいる所でもあった。周りには寺も多く、人通りは少なくないというものの、大抵は寺参りの年寄りばかりで、右京が喧嘩に巻き込まれても、仲裁に入ってくれるような奇特な者はいなかったらしい。

善太郎は右京の手当が済むまで一緒にいてくれた。殴られて唇が切れ、眼の周りが青黒くなった右京は人相が少し変わって見えた。

善太郎は医者の言葉を聞くとようやく安心して暇乞《いとまご》いをした。

みくは玄関前まで善太郎を見送った。辞儀をした善太郎にみくは「神成さん、右京は最近、様子がおかしかったのでしょうか」と、早口に訊いた。みくのことで右京が悩んでいたことは察していた。

善太郎は右京と同じ年の十五歳で、元服も同じ頃に済ませていた。十二歳の時から学問の修業のために江戸へ出て来て、藩の御長屋に寄宿していた。背丈は右京より高く、色黒の若者である。

「は、はい……」

善太郎は利発そうな表情に苦いものを浮かべ、渋々肯いた。

「やはりそうでしたか」

みくは沈んだ声になった。

「いつもなら厄介な連中と出くわせば、災いが及ばぬように避けて通るのですが、本日はどうした訳か……でも、役者らしい男は若い町家の娘をしつこく誘っておりましたので、右京も黙って見過ごすことはできなかったのでしょう」

右京は風体のよくない男に「けしからぬ」と一喝した。すると男は右京に向き直り、「けしが辛けりゃ、山椒《さんしょう》や唐辛子は佐渡へ金掘りにでもやるべェ」

言いながら、右京の胸倉を掴んだ。男は年若の右京を甘く見て、武家の息子と知りつつ乱暴を働いたのだ。娘はその間に逃げたという。

「きっと……」

善太郎はそこまで言って口ごもった。

「なあに？　何んでもご遠慮なくおっしゃって」

伏目がちになった善太郎へ、みくは畳み掛けて言った。

「きっと、小母様《おばさま》も町家の出でいらっしゃいますから、あの娘が小母様のお若い頃のお姿と重なって見えたのかも知れませせぬ」

「………」

「いや、とんでもないことを申しました。ご無礼の段、平にお許し下さい」

善太郎は慌てて言うと、そそくさと踵《きびす》を返し、御長屋へ戻って行った。みくは茫然《ぼうぜん》として善太郎の後ろ姿を見つめていた。

町家の娘を助けたのは若い頃のみくと重なったせいだろうと言われたことが、甘く切なくみくの胸を襲った。

――わたしは母上が大好きです。もちろん、父上も好きです。

右京の言葉も甦《よみがえ》る。十五歳にもなって、臆面もなく両親を好きと言える息子がどこにいるだろうか。それに比べ、みくは夫に対して一度として情愛のこもった言葉を掛けたことはない。それどころか、嫁いで半年もの間、笑顔すら向けたことはなかった。

刑部の友人達が稲荷町の屋敷に滅多に訪れないのは、みくを煙たく思っているからだ。刑部はそんなみくに、もちろん不満だったろう。だが、無理やり妻の座に据えた手前、声高に叱責することはなかった。

留守居役次席としてのお務めは繁忙を極め、壮年の頃は、いつも帰宅は深夜になった。時々、刑部から白粉《おしろい》の香を嗅ぐこともあったが、みくはあからさまに詰《なじ》ったことはない。

嫉妬《しっと》の情さえ湧かなかった。みくは自分が刑部に情を感じていないことを、その頃から知っていた。実家に一刻も早く戻りたかった。

しかし、嫁いで間もなくみくは妊娠した。

静江と織部は年子、左太夫は織部と二つ違いである。もはや子は要らぬと思っていた五年後に、またも妊娠してしまった。

みくは夫への情がなくとも、子は孕《はら》むものだと悟った。それでも、子育てで忙しくしている内は余計なことは考えなかった。

だが、子供達が成人して、一人二人と家から離れて行くと、またぞろ、あらぬ思いが頭をもたげてくる。齢《よわい》五十を過ぎた刑部に老いの兆候が見えると、なおさら厭《いと》わしさは募《つの》る。

善太郎から右京の怪我のことを聞いた刑部は珍しく早く帰宅した。履物を外すと、せかせかした足取りで右京の部屋へ向かった。

枕許へ座り「痛むか？」と優しく訊いた。

右京は父親を安心させるように笑ったが、唇が引きつれて顔を歪《ゆが》めた。

「妙な男気《おとこぎ》を出すからだ。厄介な連中と見たら、逃げるのが一番だぞ」

「はい。ご心配掛けて申し訳ありません」

「旦那様、でも右京さんは町家の娘さんを助けようとしたのですよ。褒めて差し上げて下さいませ」

みくは後ろからそっと口を挟んだ。

「怪我をしては何もならぬ。そのような時は大声で人を呼ぶのだ。岡っ引きや辻番は何んのためにいる」

刑部はみくを無視して右京に懇々と諭した。

「これからは父上のおっしゃる通りに致します」

右京も殊勝に応える。みくの出番はなかった。みくは吐息をついて台所に戻ると、下女のおまきに夕食の準備を急がせた。刑部は帰宅したとなると、すぐさま飯を食べたが、る男だった。

右京のために粥《かゆ》を炊いていると、勝手口から「ごめん下さいやし」と、声が聞こえた。

若い娘を連れた飾り物屋薊屋の主の卯平《うへい》が頭を下げた。

「まあ、薊屋さん。先日は色々ありがとう存じます。お蔭様で右京のお式も無事に済みましたんでございますよ」

みくは張り切った声で礼を言った。

「いえいえ……」

卯平は居心地の悪い顔になっている。後ろにいるのは確か、卯平の孫娘だった。

「奥様、申し訳ありやせん。この通り、お詫び致しやす」

卯平はその場に土下座して許しを乞う。

「いったい、どうしたとおっしゃるの？」

卯平の思わぬ態度にみくは驚いた。

「うちの孫のために坊ちゃんは怪我をされたんでさァ」

「まあ……」

右京が庇《かば》った町家の娘というのは卯平の孫娘だったと合点がいった。

「薊屋さん、お手を上げて下さいませ。右京は幸い、二、三日安静にしておれば回復するということですから」

「さようですか……」

卯平は少し安心したように立ち上がり、「これ、お前もお詫《わ》びしないか」と、孫娘に言った。

「申し訳ありません……」

孫娘は涙声でようやくそれだけ言った。

卯平とのやり取りが聞こえたのだろうか、刑部が足音を高くして台所に入って来ると、上がり框《かまち》に立って卯平を見下ろした。

「薊屋、もしも右京に万一のことがあったら、お前は何んとする。わしは養子先の小平殿に合わす顔もないところだった。若い娘の一人歩きはさせるな」

いっきにまくし立てた。卯平は曲がった腰をさらに曲げて刑部に詫びた。

「旦那様、もう、そのぐらいで……」

卯平に助け船を出そうとすると、眼を三角にして「うるさい！」と、怒鳴った。みくの頭にかッと血が昇った。

「起きてしまったことは仕方がないではありませんか。いまさら、どうせよとおっしゃいますの。旦那様がお怒りになる相手は薊屋さんではなく、右京に怪我を負わせた男でございますよ」

「何を！」

とんでもないところで夫婦喧嘩が始まってしまった。

「旦那様、坊ちゃんに怪我をさせた野郎は自身番に訴えやした。きついお叱りがありましょうから、これからは滅多なこともしねェでしょう」

卯平は慌てて言い添えた。孫娘は刑部の剣幕に恐れをなして泣き出してしまった。

刑部はまだ何か言いたい様子ではあったが、孫娘の涙に気を殺《そ》がれ、憮然《ぶぜん》とした顔で台所を出て行った。

「薊屋さん、申し訳ありませんねえ」

みくは、すまない顔で謝った。

「とんでもねェ。旦那様のお怒りはごもっともですよ。しかし、奥様がいらしたんで助かりやした。こちとら、無礼討ちにされても文句は言えませんからね」

「そんな大袈裟《おおげさ》な……」

「奥様、右京様は本当に大丈夫でしょうか」

孫娘は泣きながら細い声で訊いた。

「ええ、大丈夫ですよ。あなたも心配しないで。上がって様子を見ていただきたいところですが、それではまた旦那様がご立腹しそうなので、堪忍して下さいね」

みくは孫娘の気持ちを汲んで柔らかく言った。卯平は見舞いの品に薦樽《こもだる》の酒と菓子折を置いていった。刑部は見舞いの酒に相好《そうごう》を崩したので、みくは腹の底から呆《あき》れた。

四

右京は翌日には床の上に起き上がって書見を始めた。母上が優しく看病してくれるから、たまには怪我をするのもいい、などと冗談も飛び出す。あれからみくは刑部と口を利いていなかった。

塗り薬をつけて、ひと息つくと、右京は少し真顔でみくを見た。

「ずっと、母上と父上のことを考えておりました」

「………」

「わたしはお二人の息子ですから、今まで、ことさらお二人の相性のことなど考えたことはありませんでした。しかし、母上の意外なお言葉に、俄《にわか》に今後のことも考えるようになりました。母上は江戸におられるのが倖《しあわ》せなのだと思っております。よし井のお祖《ば》母《あ》様のお傍《そば》がよろしいでしょう」

右京は物分かりよく言った。

「ありがとう、右京さん」

「しかし、父上にかつて、一片の情もなかったと知らされたのは、こたえました」

右京の言葉にみくは俯いた。所在なげに塗り薬の入っている蛤《はまぐり》の貝を指で撫でる仕種をした。

「母上はわたし達兄弟のために、赤石家に留まっていらしたのですね」

「ええ、その通りですよ。あなた達が大きくなるまでは母親としての責任がありましたから」

「わたしも元服を済ませたからには、いつまでも母上をあてにしてはいけないと思うようになりました。父上がお国許に戻られる時は、このお屋敷を殿にお返ししなければなりませんので、わたしは藩の御長屋へ移ります」

「あなたもお国許に行くのではないのですか?」

当初は右京も刑部と一緒に松前に戻るはずだった。

「わたしは江戸に残ります。もう少し学問を極めたいと思いますので。小平の義父《ちち》も賛成して下さいました。それから松前に戻り鈴殿と祝言を挙げても遅くはありません」

「そうですね……」

低く相槌《あいづち》を打って、みくの眼は自然に部屋の壁や天井に向けられた。長く暮らしていた拝領屋敷を返さなければならないのかと思うと、心寂しい気持ちが押し寄せた。

右京はそんなみくの胸の内を察したかのように、「お屋敷を返上するとなったら、途端に家の中の何も彼もが愛しく、別れ難い気持ちになりましたか」と訊いた。

「そうですね。ここであなた達が生まれ、わたくしも二十五年暮らしましたから」

「たくさんの思い出がありますね」

「ええ……」

「別れとはそういうことです。普段は気にも留《と》めていなかったものが、いかに大事であったかを思い知らされるのです。母上は父上がご自分にとって、どのような存在であったかを改めて考えるべきです」

右京はみくに反省を促すように言ったが、その口調には押しつけがましいものはなかった。今一度、詮《せん》のないことではあるが言ってみたという感じだった。

「右京さん、それはもう、おっしゃらないで。わたくしは決心を固めたことですから」

みくも以前に言った言葉を繰り返した。

「どうでも意地を通しますか」

「ごめんなさい」

「わかりました。しかし、その前に拙者、母上に、たってお願いしたき儀がございまする」

右京はいきなり厳しい表情になり、居ずまいを正した。

「何んでしょうか」

「父上に手紙を書いて下さい」

「手紙を？」

みくは右京の言葉を鸚鵡《おうむ》返《がえ》しにした。

「できれば恋文を」

「………」

「恋文を百通書いて下さい。そうしたら、息子として母の離縁を許します」

何んという突飛な言い分であろう。みくは言葉もなく息子の顔をじっと見つめた。

「母上はさきほど、この部屋の壁や襖《ふすま》や天井をしみじみ眺められました。父上も同じです。今までは何んの感情もなく眺めていた人です。しかし、別れるとなったら、それなりの感慨もございましょう。それを書いて下さい。ただし、恋文でありますから、必ず一箇所、好きという言葉を遣って下さい」

「百通など無理です。それに、心にもない言葉は書けません」

みくはにべもなく言った。

「なぜ？」

右京は怪訝《けげん》な顔で訊く。

「別れる相手に恋文など、聞いたこともありません」

「では離縁を諦めて下さい」

「………」

「恋文の百や二百を書けなくて、どうしてあの難しい父上を納得させられるのですか。母上は思いつきで離縁されるのですか」

右京の本意がわからない。恋文を書いて、それでどうしようと言うのか。

「わたくしが恋文を百通書いた時、それをどうなさるおつもり？」

「もちろん、父上に差し上げます。そして、どうぞ母上を解放して下さいとお願い致します。百通の恋文を書ける力があるのですから、母上はもう、父上の傍におらずとも生きてゆけると申し上げます」

「あなたのおっしゃることがよくわかりません」

そう言うと、右京は顔をしかめて吐息をついた。

「お若い内ならば、幾らでもやり直しができます。再嫁《さいか》して新しい家庭を築くとか
……」

「右京さん、わたくしはそんなつもりは、これっぽっちもありません。この先はよし井

の母の話し相手になり、静かに余生を送るつもりです」

「はい。それならなおさらです」

「……」

「世の中には母上のように、子育てを終えてから離縁する夫婦もございます。どういうものかと、色々人にも伺ってみたのです」

「右京さん、何んということを。赤石家の恥を赤の他人に晒《さら》したのですか!」

みくは思わず眼を剝《む》いた。

「ご安心下さい。母上の名は出しておりません」

「……」

「ところが、結果はあまりいいものではありませんでした。離縁したはいいが、夫の庇《ひ》護《ご》がなくなり、暮らしに窮乏する者がおおかたでした。まあ、母上にはよし井の伯父御がついていらっしゃるので、あまりその心配はないでしょうが……もう一つ気になるのは離縁で精も根もつきはて、腑抜けになり、病に陥《おちい》ってしまう場合もあるのです。わたしはそちらを案じております」

その可能性はないとは言い難かった。松前には行かない、刑部とこれ以上暮らせない、だから離縁するのだと気を張っていたみくが、いざ、その時になったら、がっくりと疲れが出て、やる気をなくしてしまうことは考えられる。

「恋文を百通書けばよろしいのですね」

みくは半ば自棄《やけ》になって言った。

「頑張って下さい」

右京はまるで剣術の試合に向かう友人に言うように、みくを励ました。

五

恋文はおろか、みくは時候の挨拶をしたためた簡単な手紙さえ、滅多に書いたことはなかった。静江の嫁ぎ先から塩引きの鮭と干したわかめが届けられ、礼状を書いたのは、あれは何年前のことだろうかと考えたが、どうも記憶が朧《おぼ》ろで、はっきりしなかった。

娘時代、贔屓《ひいき》の客へ差し出す年玉物に熨斗紙を掛け、よし井の名を入れる手伝いはよくした。その頃は手跡の技を大層、褒められたものだ。手習いの女師匠から、ひらがなの草書体であるお家流《いえりゅう》を指南されていたのが役立っていた。

お家流は南北朝時代の尊円《そんえん》親王を始祖とし、中世に青蓮院《しょうれんいん》流と呼ばれた和様書道の代表的な流派だった。みくは文字を覚えるとともに手紙の定型文も教えられた。

上屋敷にお務めのある刑部を送り出すと、まだ静養するようにと言った医者の言葉を無視して右京も藩校へ出かけた。まあ、顔は殴られて痣《あざ》になっていたが、身体の方は骨折した訳でもないので、学問をする分には支障がないのだろう。みくは剣術の稽古は休むようにと念を押した。

下女のおまきに今夜の食事の献立を指図すると、みくは茶の間に文机《ふづくえ》を出して墨を擦《す》った。そうしながら手紙の文面をあれこれと考えた。

「やや久しくお目に掛からず、御《おん》ゆかしく存じ候」

細筆で巻紙にさらさらと書き始めたが、すぐに鋏《はさみ》で紙を切り、掌で丸めてしまった。毎日顔を突き合わせている刑部に「久しくお目に掛からず」もあるものではない。

気を取り直して、

「その後は御意を得ず、無音《ぶいん》本意に背《そむ》き候」

と書いたが、やはりそれも意に添わなかった。みくはまた巻紙を切って小さく丸めた。

「毎度の御懇情、過分の至りに候……」

みくの最初の手紙は届け物をされた礼状のような恰好《かっこう》になった。しかし、末筆に「お慕い申し上げる刑部殿へ」と、ようやく書いた。

なぜか、その短い言葉にみくの頰が紅潮して、汗が噴き出た。

思えば、刑部に手紙を書いたことは一度もなかった。江戸詰めの家臣達は国許に家族を置いて来ているので、筆まめな母親や妻を持つ家臣のところには、せっせと手紙が届く。

「なに、埒《らち》もないことばかりでござる。娘が歩き出したの、片言を喋り出したの、今年の鮭は丸々と太って脂が乗っておる、などでござる」

刑部の言付けを伝えに来た家臣の一人がそのようなことをみくに洩《も》らしていたことがあった。

「それでも、お国許の様子が幾らかでもわかりますわね。よい奥様をお持ちでお倖せでございますこと」

みくの褒め言葉に若い家臣は照れたように笑った。その家臣は国許にいる時、妻から手紙の文面のような優しい言葉は掛けられたことがなく、むしろ、口喧嘩の方が多かったという。

手紙というのは人の心を癒す特別な効果があるようだと、みくは思った。

刑部への手紙を一通書き上げただけで、みくは、どっと疲れを覚えた。とても百通など書けないと思ったが、それでは離縁が適《かな》わぬ。

ここは歯を喰い縛って書くしかない。自分の倖せのために、はたまた自由のために。窮屈に縮めていた翼を大きく羽ばたかせるのだ。恋文を書くことは、みくの試練でもあった。

国許の家老が横暴を働いているという噂《うわさ》は江戸の上屋敷にも聞こえてきていた。特に二人の家老にそれがひどく、お互いが自分達の非道を棚に上げ、相手を攻撃するということが続いていた。そのために、下級の家臣達の考えも二分されるようになったらしい。

ただ今の藩主は幼少の頃にその座に就いた。

ために藩政は家老達の手に委ねられた。家老の中には、それを幸いと私腹を肥やす輩《やから》が多かった。かつては目を覆うようなことも平気で行なわれていたという。今は昔のような極端なことは鳴りを静めたが、それでも悪しき慣習の片鱗《へんりん》はそこここに残っていた。

家臣の一人が毒を盛られて死んだという報が届くと、江戸の上屋敷には、それまでと違う緊張が走った。

さらに身の危険を感じた家臣の一人が命からがら江戸へ辿り着いて家老の非を訴えれば、間を置かず、その家臣の讒言《ざんげん》めいた書状も届くというありさまだった。

江戸の上屋敷では事の真偽を確かめるべく連日会議が開かれていた。

藩主松前志摩守《しまのかみ》は刑部に致仕を返上して、今しばらく藩に留まり、国許にて執政《しっせい》（首席家老）となり、政《まつりごと》の采配を取れと命じた。

刑部が上屋敷に駆け込んで来た家臣の助命を願い出て、それが許されたすぐ後のことだった。

刑部は厄介な仕事を押しつけられ、夕食の時に珍しく右京に愚痴をこぼした。

「どちらの蠣崎《かきざき》殿が悪いのですか」

右京は汁を啜りながら訊いた。問題になっている家老は同じ蠣崎の姓を持っている。家系を辿れば先祖も同じ親戚同士なのだ。

「なに、どっちもどっちだ。自分達の利ばかり考えておる。蝦夷を酷使して、なおかつ、給金の代わりの食料も満足に与えぬらしい。蝦夷の中には餓死する者も出ているそうだ」

蝦夷とは蝦夷地だけに住む民族である。松前藩は彼等と交易をしているが、その他に知行場所で労働をする蝦夷もいた。幕府は松前藩に蝦夷の撫育《ぶいく》を命じていたが、それが守られているとは言い難かった。

刑部は手酌で酒を注ぎながら苦々しい顔になっていた。

「兄上と酒井の兄上はどちら側についておりますか？」

「織部は中立の立場をとっておるが、左太夫の舅は主殿《とのも》流の方についておる。小平は将《しょう》監《げん》流だそうだ」

松前では蠣崎家が何軒もあるので、古い時代の官位をつけて区別していた。

「わたしは小平の家の人間になるので、それでは将監流につかなければならないのですか」

右京は無邪気に訊いた。

「たわけ！　それではいつまでも決着がつかぬではないか。それに、お前はまだ小平の人間ではない。わしの息子だ」

高い声を上げた刑部に右京は別に恐ろしがるふうもなく、嬉しそうに笑った。

「何んだ、何がおかしい」

刑部はぎらりと右京を睨《にら》んだ。酒がだいぶ回っているようだ。茶の間から一段低くなっている台所の座敷で、みくは夫と末息子のやり取りを心配そうな表情で見守っていた。

みくは夫の給仕が終わるまで自分の箸《はし》は取らない。

一緒に食事しても、間を置かず用事を言いつけるので食べた気がしないのだ。飯も汁もすぐに差し出せるように身構えていなければならない。

「今しばらく父上の息子でいられることが嬉しいのです。父上、執政に就くとはご出世でございますね。おめでとうございます」

「ほう、元服をした途端、世辞がうまくなったの」

刑部はその時だけ表情を緩めた。

「これで兄上が寄合組（家老職）に加わるのも確実となりました。母上、ご安心なさい」

右京はみくに首を伸ばして言う。みくは曖昧《あいまい》な顔で笑った。

「右京、だが油断は禁物じゃ。うかうかしておれば、わし等も一服盛られる恐れがある」

冗談混じりに刑部が言うと、右京は眉間《みけん》に皺《しわ》を寄せた。

「父上、毒を盛ったというのが真実ならば、等伯《とうはく》先生が何か知っているのではないですか？　いえ、もしかして、等伯先生も一枚嚙《か》んでおられることも考えられます」

　静江の連れ合いのことである。連れ合いは藩の侍医を務めているので、右京の言葉は、あながち的外れとも言えない。

「来年、雪が溶けた頃にお国許に戻ろうと考えておったが、そうもしておられぬ。明日にでも殿にお伺いを立ててみるつもりじゃ。その時は右京、伴を致せ」

「それでは拙者も松前に？」

　右京の言葉にも緊張が走った。

「うむ。みく、留守は守れるな」

「はい……」

　思わぬ展開になった。離縁どころの騒ぎではない。もしかしたら、子供達の将来にも関わる一大事である。みくは刑部の食事が終わると、慌ただしく旅の仕度に追われた。

　刑部と右京は翌々日の朝に江戸を立った。他に腕っぷしの強い藩士が三名同行した。

六

　主のいない屋敷はどこか間が抜けているように思われた。せいせいしたはずなのに、みくは反対に落ち着かない日々を送っていた。

帰宅早々、風呂だ、飯だと急かされる必要もないので、本来ならのんびりしていていいはずだが、どうも調子がよくなかった。毎日のようによし井を訪れ、時には泊まったりもしたが、気晴らしにはならなかった。

夜の後片づけが済むと、おまきは女中部屋に引っ込む。下男も庭の一郭に設《しつら》えてある中間固屋《ちゅうげんごや》に戻ってしまう。長い夜、みくは独りぼっちだった。

みくは例の手紙を書くことしかすることがなかった。

「この度は右京殿、元服の儀、滞りなく相《あい》済み候えば、まことに有難き倖せに存じ候。さてまた、右京殿、小平殿との縁組首尾よく参らせ候えば、重ねて倖せに存じ候。あるじ殿には長年のご奉公、心より厚く御礼申し上げ候。あるじ殿、恙《つつが》なくお務めにご執心あそばされ、この度は執政にご推挙あそばされ、まことにおめでとう存じ候……」

赤石家の平安は刑部の努力の賜物《たまもの》であると、みくは改めて思った。そう思う自分を訝《いぶか》しんでもいた。

国許の内紛が解決したら江戸に戻ると刑部は言ったが、逗留《とうりゅう》はどのくらいの長さになるのか見当もつかなかった。

いっそ、刑部のいない間に荷物を纏《まと》めて実家に戻ろうかと、不穏な考えも頭を掠《かす》めた。

しかし、そうなると、みくは右京との約束を破ることになる。刑部は裏切ることはできても右京は裏切れない。みくの母親としての気持ちが、かろうじて突飛な行動を止めさせた。

「思い起こせば、あるじ殿と初めてお会いしたのは、桜の季節の、ぼんやりと曇った日にござ候。あるじ殿、満面に汗して、よし井の店先にて訪《おと》ないを請うも、侍《さむらい》一人には、なかなか用ある店にこれなく、手代番頭、怪訝なる面持ちにて、あるじ殿を見つめ候。

父、吉井七左衛門、何事かと店座敷に招《しょう》じ入れ候えば、あるじ殿、噴き出す汗に往生しながら、そこもとの娘御をわが妻にと申し候。

七左衛門、耳を疑い、もしや気が触れた者かと慌てふためき、医者だ、祈禱《きとう》だと騒げれば、拙者、正気でござると、いささか困惑の態《てい》で申し候。間仕切りの暖簾《のれん》の陰より、そっとあるじ殿を覗《のぞ》きければ、くすみきりたる顔にて茶を啜りおるところにてござ候。

店の女中、不敵の輩にて、お嬢様は近づくこと相ならぬと釘を刺し候。さもありなんと、内所《ないしょ》（経営者の居室）にて隠れおり候」

よし井に単身で乗り込んで来た刑部を大胆な男だと呆れていたが、あの大量の汗はそうではないことを物語っていた。刑部は決死の覚悟でみくを貰《もら》い受けに来たのだ。

「あるじ殿、祝言の砌《みぎり》、ご両親様、遠路はるばるご出席適わず、江戸ご家中の方々のみにてご出席候段、まことに無理からぬことと了簡《りようけん》致し候。さりながら、仔細《しさい》、これあり。町家の身分にて嫁ぐ妾《わらわ》に、ご両親様、いたくご傷心あそばされ候。ご両親様、あるじ殿が孝養を尽くす暇もなく、あの世へ旅立ち候。

まことに申し訳なく候。伏してお詫び申し上げ候……」

みくはあの当時の刑部の胸中を思うと、知らずに涙が込み上げた。刑部の事情は露ほども考えず、無理やり嫁がされたことに、みくは怒りと悲しみを露《あらわ》にしていただけだ。

だが、みくに限らず、女は祝言の相手を自由に選べる訳ではない。皆、親の勧める相手と一緒になるのだ。やすは祝言の夜に初めて七左衛門の顔を見たという。思い描いていた男とあまりに違うので胸が張り裂けそうだったと言った。だが不思議なもので、長く暮らしている内に情が湧いたという。いつまでも夫に情が感じられないみくを、やすは内心で哀れんでいたのかも知れない。

傍に刑部がいないせいか、初めは苦痛だった手紙も次第に無理なく書けるようになった。

松前に送る必要はない手紙であったが、みくは遠くの刑部に宛てるつもりで書いた。早飛脚が刑部と右京の戻りが年の暮になると知らせる手紙をみくに届けた時、みくは思い切って書き上げた中の一通を早飛脚に託した。その早飛脚は藩の御用を専門にする者だった。手紙を託すと、みくの胸は高鳴った。

それは紛れもなく、恋文の体裁をしたものであったからだ。みくは三十通余りを書いて、ようやく恋文と呼べる一通が書けたのである。

刑部がそれを読み、眼を見開いて驚く様が想像された。

「……妾、町家の出身なれば、あるじ殿には不足をおぼゆること多々ありとお察し候。すべてあるじ殿の采配にて家内のこと相済ませ候段、妾、遺恨に感じ候。さればこそ、妾、あるじ殿と添い遂げるむき、甚《はなは》だ心許なく思い候。

右京殿より、あるじ殿に書簡したためるべく提案これあり。妾、承服すまじと内心にて思え候えども、たって書くべきやと右京殿申し候。

当初、煮えくり返る思い先行致せば、なかなかに筆は進まず、もはや、やめばやと再三思い候。さりながら、歯を喰い縛りて書き進む内、妾にても反省すべき点、一つ、二つと思い至り候。また、あるじ殿の好ましく思ゆるところも気づき候。

……………………………………………………

妾、心よりあるじ殿を愛しく思い候。愛しく、この上もなく愛しくござ候………」

七

国許の松前では、家老職に就く者、六名の致仕が決定された。これに伴い、新たな人選が行なわれ、長男の赤石織部は最年少で家老に就任した。次男の酒井左太夫は準寄合《じゅんよりあい》席《せき》（家老見習い）に推挙された。

右京が御番入りするまで刑部が藩政に関わっていられるかは、定かではないが、その頃には二人の兄が右京を補佐することになるはずだ。赤石家は破竹の勢いだと、藩内では囁《ささや》かれるようになった。

刑部と右京はその年の暮に江戸へ戻った。

半年見ない間に右京は背丈がさらに伸び、男らしさも加わった。反対に刑部は長旅の疲れもあって老け込み、風邪も引いて、すぐに床に就いた。そのために、新年の拝賀式には欠席を余儀なくされた。

代わりに右京が年始に訪れる客へ如才ない挨拶をする。誰もが刑部の身を案じる言葉を掛けた。藩主、松前志摩守からも見舞いの品が届けられ、十分に養生するようにとのありがたい言葉も頂戴した。

「よろしければ、お雑煮などお持ち致しましょうか」

熱が引いた刑部にみくが訊いた。閉じた障子に松の樹《き》の影が映っている。外は雪も止んで明るい陽射しが注いでいた。

「ふむ。少し喰うてみるか」

　みくは刑部の言葉に、慌てて台所にいるおまきに雑煮の用意を言いつけた。ついでに薬湯を湯呑に入れて寝間に運んだ。

　刑部は半身を起こしていた。どうやら、体調は徐々に戻っているらしい。

「江戸はあったかいのう。わしは久しぶりに国許の風に吹かれて胴震いしたわ」

　刑部は呟《つぶや》くように言った。

「胴震いされたのは大変なお務めのせいもあったでしょう」

「ほう、お前にわかるのか？」

　刑部は感心したようにみくの顔を見た。

「右京さんからも聞きましたが、神成さんにもお留守の間、お国許のご様子を伺いました」

「あのお喋りめが」

　刑部は不愉快そうに吐き捨てる。

「わたくしが無理にお訊ねしたのです。神成さんはよい若者ですよ。きっと、右京の一生の友となっていただけることでしょう」

　刑部に湯呑を差し出すと、みくは冷たい掌を擦り合わせた。刑部は湯呑を傍《かたわ》らに置くと、みくの手を取った。

「あれ！」

短い悲鳴が出た。

「何もそのように驚くこともあるまい。われ等は夫婦ゆえ……」

「おまきがやって参ります」

「構わぬ」

「……」

「わしと離縁するつもりでおったそうな」

刑部の問い掛けにみくは返事ができずに俯いた。

「したが、その考えは翻《ひるがえ》ったのだな」

みくはやはり何も言えない。

「あの手紙はお前の真実の気持ちだな」

「右京に見せたのですか！」

みくは思わず声を荒らげた。

「見せるものか。わしだとて親の面目がある」

みくはほっと胸を撫で下ろした。

「あれを読んで年甲斐《としがい》もなく胸が高鳴った」

刑部は遠くを見るような眼で続ける。

「みくが傍におれば、わしは何んでもできる、そう思った……」

「もったいないお言葉。わたくしこそ、物知らずの妻でございました」

言葉尻は涙でくもった。

「松前に一緒に戻ってくれるか」

「旦那様がお嫌やでなければ……」

「かたじけない」

夫婦は手を取り合ったまま、しばらくの間、身じろぎもしなかった。


翌日からの刑部は、以前の刑部と微塵も変わりはなかった。みくは相変わらず、刑部の言葉に腹を立てたり、呆れたりして日を過ごした。刑部に宛てた恋文は百通には及ばなかった。五十六通に留《とど》まった。みくはそれを葛籠《つづら》の奥に仕舞い込んだ。

それが再び開かれたのは、みくが八十八歳の寿命を全うした後のことだった。執筆を命じた右京でさえ、すっかり忘れていて、母上は何ゆえこのようなものを書いたのかと、ひどく怪訝に思うばかりであった。

錦衣《きんい》帰郷《ききょう》

一

出羽国村山郡楯岡村《でわのくにむらやまごおりたておかむら》は羽州街道《うしゆうかいどう》沿いにある小さな宿場だった。山間《やまあい》の地にありながら上方からの物心両面の流入が見られるのは、何んと言っても酒田《さかた》の港を河口として滔々《とうとう》と流れる最上川《もがみがわ》のお蔭である。

最上川は慶長年間に三難所を開発した最上義光《よしあき》の名に因《ちな》んだ川である。しかし、最上氏は元和《げんな》八年（一六二二）に改易《かいえき》となる。代わって戸沢《とざわ》氏が最上郡、村山郡の一部、計六万石を継いで出羽新庄《しんじよう》に城を築くが、楯岡村は新庄藩ではなく、陸奥白河《むつしらかわ》藩の領地だった。

最上川はその後、元禄年間に入ってから、米沢藩の御用商人、西村久左衛門《きゆうざえもん》によって五百川《いも》渓谷が開削され、村山と置賜《おいたま》の間が結ばれることとなった。と同時に最上川舟運は飛躍的な発展を遂げるのである。当初は年貢米の輸送が主なものだったが、次第に紅花、青苧《あおそ》、大豆、小豆《あずき》、煙草《たばこ》、蠟《ろう》、漆《うるし》、菜種などの特産物も送られるようになり、また上方からは塩、干魚、茶、古着、陶器などが運ばれた。さらに、最上川は芭蕉を代表とする文人墨客を、この地へ招く役割も担《にな》った。

楯岡村の村人に比較的教養の高い人物が揃っていたのは、そういう背景のせいだった。

文化四年（一八〇七）三月。

楯岡村の庄屋、笠原茂右衛門《かさはらしげえもん》の屋敷に朝早く武家ふうの若者が訪れ、茂右衛門に面会を請うた。

茂右衛門は起床して洗面を済ませてはいたが、朝飯はまだだった。

そのような早朝に自分の所へやって来た訪問者に茂右衛門は怪訝《けげん》な思いを抱いた。何用かと妻女のはつに訊くと、それは茂右衛門に直接申し上げると、若者は応《こた》えたという。何か厄介な事でも持ち上がったものかと、茂右衛門は俄《にわか》に不安になった。

だが、その時の茂右衛門には、これといって心当たりはなかった。茂右衛門は不安な気持ちを抱えて、玄関に出ていった。

若者は三和土《たたき》に直立不動の姿勢で立っていた。年の頃、二十歳。いや、もっと若いのかも知れない。春とはいえ、若者の顔はすっかり陽灼《ひや》けしていた。しかし、肌はつるりと光り、二重瞼の眼は澄んでいた。贅肉《ぜいにく》がついていない痩せた身体に、ぶっさき羽織とたっつけ袴《ばかま》がやけに大きく感じられた。

茂右衛門の姿を認めると、若者は、やや上目遣いになったが、すぐに「早朝に甚だ恐縮でござる。拙者、尾花沢《おばなざわ》から最上徳内《とくない》殿の書状を届けに参った竹内北斗《たけうちほくと》と申す者。おぬし、笠原茂右衛門でござるな」と、澱《よど》みのない口調で訊いた。

「さようでごぜェます」

茂右衛門は慇懃《いんぎん》に応えた。

「普請役《ふしんやく》の最上徳内殿は、もちろん、ご存じであろうな」

茂右衛門は、つかの間、言葉に窮《きゅう》した。最上という名字が、かつての新庄藩の藩祖のものであることは辛うじて覚えていたが、その名を引き継ぐ者はとうに途絶えていたからである。

「はてさて、まんず、その方のお名前は一向に存じ上げねェども」

おずおずと言うと、今度はその若者が言葉に窮した。若者は、自分が何かとんでもない間違いを犯したものかと、盛んに頭の中で考えを整理している様子だった。

「お侍《さむれ》ェ様、お人違いではごぜェませんか」

「おぬし、笠原茂右衛門だな？　しかと相違ないな？」

若者は確かめるようにもう一度訊いた。

「それは間違いごぜェませんが……」

「ならば人違いではない。最上徳内殿は、この楯岡村の出身でござる。ご公儀の御用で陸奥国、津軽、南部、秋田、新潟を経て、昨日、尾花沢に入り申した。彼の地にて銀山の見分を果たせば、これにて御用済みでござる。最上殿は江戸に戻る途中、楯岡にお立ち寄りになりたいと仰せられた。しかしながら、お忙しいお身の上、さほどに時間は掛けられぬ。それゆえ、拙者、最上殿の帰郷の先導役として、ひと足先に楯岡に参り、庄屋殿と用意万端調《ととの》えるべく、書状と金子《きんす》を持参致した次第にござる」

竹内北斗は、そう言って懐から書状と袱紗《ふくさ》に包んだ物を取り出して茂右衛門の膝《ひざ》の前に差し出した。

「したども、さっぱり心当たりがねェどごで、困ったもんでごぜェますなあ」

茂右衛門は薄くなった頭に手をやって思案顔になった。

「お父《ど》さ、何したべなあ」

茂右衛門の妻のはつが、当惑している様子の夫に控えめに襖《ふすま》の陰から声を掛けた。

茂右衛門は救われたような気持ちになって、

「わい（お前）よ、最上徳内様ちゅうお侍ェ様を知ってるが」と訊いた。

「もがみ？　最上川の最上が？」

「んだはげェ」

「そだらな名前の人は楯岡にいねべさ。偉ェお侍さんだば表徳《ひょうとく》（雅号）にしてるんだべ」

はつは庄屋の妻らしく機転の利いたことを言った。だが、表徳にしては妙に武張《ぶば》ってもいる。これは武士の通称として用いられているものと茂右衛門は判断した。

「元の名前は何んとおっしゃるんでござりやすか」

「申し訳ござらん。拙者、そこまでは……」

北斗も弱り果てた顔になっている。

「年は何んぼぐらいのお人でござりやすか」

はつは末の息子と同じぐらいの北斗に優しげな微笑を向けて訊いた。

「年が明けて、五十三歳になったとお聞き致しました。楯岡には二十年ぶりだとか」

「五十三、二十年ぶり……」

はつは北斗の言葉を鸚鵡返《おうむがえ》しにした。しばらく、三和土に視線を落としていたが、突然、ぽんと掌《て》を打って「高宮《たかみや》の元吉《げんきち》さんでねェのが」と、素頓狂《すとんきよう》な声を上げた。

「元吉だど？」

「んだす。元吉さんは、ほれ、谷地《やち》（現河北町《かほくちよう》）の煙草屋に奉公していだども、三十近くなって学問の修業に江戸さ出で、それがらお侍ェになって、蝦夷ヶ島《えぞがしま》とか、おろしゃとか行ったと、元吉さんのががちゃ（母親のこと）は、喋《しやべ》っていだはげェ」

「蝦夷ヶ島には何度も渡られましたが、おろしゃはまだお越しではないでしょう。ご公儀は異国への渡海を禁止しておりますゆえ」

北斗は苦笑混じりにはつの言葉を訂正した。

「やっぱり元吉さんだはげェ。お父さ、立ち話もでぎねから、座敷さ上がって、話こ、聞がせで貰《もら》うべ」

「んだな。したら、竹内様、むさくるしいどごだども、上がってお話ば聞がせでいただぎやす」

合点のいった茂右衛門はようやく北斗を中へ促した。一時はどうなることやらと思っていた北斗も安心した表情になった。

「うむ。それでは邪魔を致す」

北斗が草鞋《わらじ》を解くと、はつは慌てて台所の女衆《おなごし》に漱《すす》ぎの水を言いつけた。

二

北斗は真夜中に尾花沢を出立したという。

何もお菜はないがと言いながら、はつは北斗に朝飯の膳を出した。北斗は旺盛な食欲を見せ、野菜の煮付けと汁と香の物で、三膳の飯を平らげた。さすが米所、飯の味が違うと世辞を言って茂右衛門とはつを喜ばせた。

『……当分、無事相勤《あいつと》め、鹿島灘《かしまなだ》より、みちのく東浦、外ヶ浜、象潟《きさかた》、うやむやの関辺《せき》より、越後境、鼠《ねず》ヶ関《せき》迄にて御用済み。今日尾花沢着のところ、是《これ》より銀山見分両三日、相懸《かか》り申す可候《べくそうろう》。右済み次第、尾花沢へ立ち帰り、夫《それ》より帰府仕《つかまつ》り候。其《そ》の御地《おんち》一着のつもり、近日には面会仕る可候。相楽しみ罷《まか》り在り候』

最上徳内が廻浦《かいほ》御用、ならびに銀山見分の合間に楯岡に帰郷しようと思い立ち、それを大層楽しみにしている様子が文面から察せられた。

竹内北斗には、お疲れでございましょうと、寝床を用意して、少しの間、仮眠を勧めた。

茂右衛門はそれから屋敷を出て最上徳内の生家に向かった。

生家は楯岡の宿場のすぐ近くにあり、今は徳内の弟の彦六《ひころく》が家を引き継ぎ、母親のすまと暮らしている。幾らかの田圃《たんぼ》を耕し、その他に青菜と煙草の葉を栽培していた。

徳内の三人の妹達はすでに皆、よそに嫁いでいた。

徳内のことは、茂右衛門より父親の先代茂右衛門の方がよく知っていたはずだ。しかし、その父親も数年前に他界していたので、最上徳内と言われても、すぐにピンとこなかったのも無理はない。楯岡では最上徳内より、高宮の分家の元吉の方が通りはよかった。

茂右衛門には、ある光景が脳裏をよぎる。

子供の頃、茂右衛門は村でただ一つの寺子屋へ通わされていた。そこへ通うのは、いずれも村では比較的富裕な家の子供達だった。

徳内の家は赤貧洗うがごとくの暮らしをしていたので、当然、寺子屋へは通っていなかった。その頃、徳内は口減らしのため、高宮の本家に子守りにやらされていた。本家は徳内の父親の兄の家だった。

父親には弟もいて、それは楯岡の医者をしている。徳内はこの医者の叔父《おじ》である高宮清心《せいしん》から学問を勧められたという。

徳内は本家の赤ん坊を背負い、毎日、寺子屋へやって来た。窓の外から子供達が手習いしたり、素読《そどく》をするのをじっと聞き入っていた。子供達の中には意地悪く悪態《あくたい》をつく者もいたが、年寄りの師匠は、そんな徳内を邪険にはしなかった。それどころか、雨の日になると、家の中に入れ、徳内が今まで覚えたことをさらってやったりもした。

茂右衛門は子供心に束脩《そくしゅう》（謝礼）も払わず、只《ただ》で指南されていると不満だったが、今思えば、師匠は徳内の中に何か感じるものがあったのかも知れない。

師匠が算術の問題を出して、誰か答えてみろと言った時、徳内が窓の外から正解を言って、皆で大笑いしたことがあった。

「何笑うが、このずほ（阿呆）！　わい達がよそ見している間に、元吉はちゃんと頭さ入れでいだんだ。恥ずがしぐねのが」

師匠はそう言って子供達を叱《しか》った。世に出る者は世に出る何かが備わっている。そう、茂右衛門は思う。栴檀《せんだん》は双葉より芳《かんば》し、という諺《ことわざ》は本当であろう。

高宮の分家に着くと、すまがすっかり曲がった腰をさらに屈《かが》めて、庭で草花の手入れをしていた。

「ご精《せい》が出るのう」

声を掛けると、すまは驚いてこちらを振り向き、それが茂右衛門だと確認すると頭の手拭いを慌てて取った。

「あやあ、庄屋さんでねのが。お早うさんでごぜェます」

「うむ。彦六は田圃が？」

「んだす。そろそろ苗ば用意しねばなんねすからのう」

「んだな。今年もいい米ば作ってけろじゃ」

「ありがとごぜェます」

「ところでな、わいどごの元吉よ、二、三日中に、ここさ寄るんだど」

そう言うと、すまは驚いて眼をみはった。

「なして、ここまで来るんだべ」

「尾花沢までお上の御用で来たんだど。御用が済めば、あとは江戸さ戻るだけだから、ついでに楯岡に寄っていぐって、使いの侍ェがおらほのえ（家）さ、今朝、来たんだがや」

「大《たい》した急な話でねが」

「んだ。急な話こだ」

「泊まって行ぐんだば、えの中、片付けねばなんねすなあ」

「いや、伴のお侍ェもついで来るはげェ、おらほのえに泊まって貰うがら、わいは何んもしなくていいべ。わいどごのだだちゃ（父親）の供養して、それがら墓参りして、親戚どもの顔ば見で、ついでに村の若い衆さ、学問の話ばちょごっとして、そして帰るんだど。出世したがら、うっと忙しぐて、ながなが呑気《のんき》にしていられねな」

「おらどごの兄《あ》にゃ、昔から侍ェになるんだって喋ってたけど、まさが本当になるとは思わねがったはげェ。おらでもたまげでいだもんだなや」

「元吉は頭よがったって、おらのだだちゃも喋っていだもんだ」

すまは茂右衛門の褒め言葉に何も応えなかったが、その表情は満足そうだった。

「したらば、ま、そういうごとだはげェ、彦六ど、嫁に行った妹達、楯岡に戻れる者はなるべぐ戻って、元吉の顔ば見でけろじゃ」

「庄屋さん、わざわざ知らせに来て貰ってすまねェごどだったな。お茶っこ飲んで休んでいってけねべが」

「いやいや、そうしていられね。これから寺さ行って、住職に話ばして来ねばなんねから」

茂右衛門はそう言って踵《きびす》を返した。すまがそそけた白髪頭を、これ以上ないほど低く下げているのがわかった。

庭を抜けると、目の前に甑岳《こしきだけ》の雄姿が見えた。天気の悪い日は山頂が雲に隠れて見えないのだが、その日は晴れ上がっていた。甑岳も徳内の帰郷を喜んでいるかのようだった。

高さ十町ほど（標高一〇一六メートル）の山は山頂が平らで、まるで甑（蒸籠《せいろ》）のように見えるから甑岳と呼ばれる。

徳内は若い頃、父親の甚兵衛《じんべえ》とこの山に登り、青雲の志を立てたという。

――おらは蝦夷ヶ島へ渡り、そごに住んでいる蝦夷（アイヌ民族）に米作りば教える。

なぜ、徳内は蝦夷ヶ島にあこがれたのだろうか。そもそも楯岡を出たことのない茂右衛門にとって津軽の瀬戸（海峡）を越えて北の地に行きたいと思うことすら理解できなかった。

徳内が江戸へ出たのは二十七歳の時だった。

前年に父親の甚兵衛を亡くし、一周忌を終えてからの江戸行きだった。学問で身を立てるにしては遅過ぎる年齢でもあったが、徳内はそのことを意に介してもいなかった。江戸へ出るに当たっては徳内の叔父が幕府の医官、山田宗俊《そうしゆん》（図南《となん》）に紹介状を書いて骨を折ったという。叔父の高宮清心は徳内が医者になることを望んでいたようだ。百姓の倅《せがれ》が世に出るためには医者か僧侶《そうりよ》になるのが常套《じようとう》手段である。徳内も初めは医者の道に進むことを希望して山田宗俊の所では医学を熱心に学んでいたらしい。しかし、山田宗俊の下僕となって二年ほど働く内、徳内は医学よりも数学に才覚を顕《あらわ》した。宗俊の所を辞した後、徳内は湯島の数学師、永井正峯《せいほう》の門に入る。徳内は水を得た魚のように数学にのめり込んだ。師匠にも目を掛けられ、天明四年（一七八四）には師とともに算学修業に出立したが、正峯が品川で病に倒れたので、これは中止となった。

徳内は正峯の門で、同郷の鈴木彦助《すずきひこすけ》（後の会田安明《あいだやすあき》・最上流《さいじょうりゅう》算学の祖）と知り合っている。彦助は永井の弟子であるとともに護国寺《ごこくじ》前の音羽《おとわ》で私塾を構えていた本多利明《ほんだとしあき》の門にも入っていた。算学修業が中止となり、また正峯も病の床に就いたので、彦助は徳内を利明の許へ連れて行ってくれた。

この本多利明こそ、徳内の一生の鍵を握る人物であった。なぜなら、利明は「北夷《ほくい》先生」と呼ばれていたほど、蝦夷地の事情通であったからだ。

利明は弟子達に天文、数学、暦学、地理、航海術を指南し、さらに蝦夷地開発を唱える経世の才に富んだ男だった。徳内が利明に魅了されたのは言うまでもない。

山田宗俊から永井正峯、さらに本多利明の門へと徳内の学問修業の師匠は二転三転した。

時代が徳内を必要としたのだろうか。この頃から北方問題が台頭していた。大国ロシアの船が蝦夷地のノッカマプという所に現れ通商を求めてきたり、大黒屋光太夫《だいこくやこうだゆう》という船頭が紀州の藩米を積んで江戸へ向かう途中、野分き（台風）に遭い、アレウト（アリユーシャン）のアムチトカ島に漂着したり、鎖国日本を揺るがす事件も起きていた。

北辺の警備が俄《にわか》に心許なく感じられてくると、老中首座、田沼意次《たぬまおきつぐ》は蝦夷地調査のための見分隊を派遣するべく幕議に掛けた。

それが承認されると、ただちに派遣隊員の編成が行なわれた。それと同時に輸送船二艘《そう》も新造されることとなった。派遣隊員は正員五名、下役五名の計十名が挙げられた。

正員のなかで幕府普請役見習い、青島俊蔵《あおしましゅんぞう》という男は本多利明と昵懇《じっこん》の間柄であった。俊蔵は奇才、平賀源内《ひらがげんない》の弟子という触れ込みであった。俊蔵は幕命を受けると、事情通の利明の同行を上に進言した。しかし、利明はその申し出を病のために断り、代わりに徳内を竿取《さおと》り（測量助手）にでも使ってほしいと推薦文を書いた。これが功を奏して徳内の第一回蝦夷地渡海が実現したのである。この時から最上徳内を名乗ったものと思われる。百姓から曲がりなりにも武士となった徳内は郷士に因む名を己れに与えたのだ。

徳内、三十一歳の時のことだった。

見分隊は二班に分かれ、徳内は山口鉄五郎《やまぐちてつごろう》、青島俊蔵、下役、大石逸平《おおいしいっぺい》とともに東蝦夷地を見分し、釧路《くしろ》、厚岸《あっけし》、霧多布《きりたっぷ》を経て根室《ねむろ》に到達した。

幕府は、その先の国後島《くなしりとう》、択捉島《えとろふ》、さらに得撫島《うるっぷ》など、できるだけ異国に近い土地に渡って調査をすることを望んでいた。しかし、根室まで来ると、調査隊にさすがに疲れが目立ち、荒天を押して国後島に渡ることには、皆、難色を示した。この時、竿取り徳内が厚岸の蝦夷と一緒に国後島に渡り、その北端を極めた。このことが、徳内の評価をいっきに高めることとなった。以後、蝦夷地調査に徳内は欠くことのできない人物となったのである。

徳内は楯岡に帰郷するまで、すでに八回の蝦夷地渡海を果たしていた。

しかし、茂右衛門は徳内の業績の一部始終を把握していた訳ではない。茂右衛門がわかっていたのは、楯岡の百姓の元吉が侍になった、ただそのことだけだった。

茂右衛門にはそれだけでも徳内が眩《まぶ》しく感じられた。

(元吉は故郷に錦ば飾るんだはげェ、うっともてなしてやんねばなんね)

楯岡の庄屋、笠原茂右衛門はそっと胸で呟《つぶや》くのだった。

三

徳内の叔父の高宮清心は寄る年波に勝てず、病の床に就いていた。徳内はこの清心にも竹内北斗を通して手紙を託した。清心は徳内の帰郷の知らせを涙をこぼして喜んでいた。

茂右衛門は一刻《いっとき》（二時間）きざみの日程を竹内北斗と調え、水も洩《も》らさぬよう心配りをした。あまりの強行軍に茂右衛門は徳内の年齢を考えて、もう少しゆるみを持たせた方がいいのではないかと北斗に言うと、北斗は、「いや、あの方については心配ご無用でござる。類い希《まれ》なる頑健な身体の持ち主でござっての、極寒の地にあっても平然とお務めを全うされ申した」と、応えた。

蝦夷地で寒気を試すために越冬した見分隊の中には命を落とした者もいたらしい。

「竹内様、元吉は何か寒さに耐え得る特別な策でも弄《ろう》していだんでごぜェますか」

茂右衛門は怪訝な思いで訊いた。

「これ、元吉などと呼び捨てはならぬ。最上殿はただ今、直参旗本格の武士でござる」

即座に叱責された。

「もともと、精力的な御仁ではありましたが、蝦夷地においては昆布をよく食されたご様子である」

北斗は徳内から聞いたことを茂右衛門に話してくれた。

「昆布……」

それは蝦夷地の特産物であることは紛《まぎ》れもないが、茂右衛門が昆布を食べるのは正月の昆布巻ぐらいのものだった。蝦夷地の住人は、その昆布と鰊《にしん》を炊《た》いた塩汁をよく食べるらしい。

楯岡で主に口にするのは山菜だった。徳内の帰郷に際しても、茂右衛門は、はつに竹の子、蕨《わらび》、こごみ、たらの芽などを用意させていた。

「最上様は、昆布を食べて、いつもこのような日程でお務めをしているんでごぜェますか？」

高宮の分家の元吉を敬って言わなければならないことが落ち着かない。しかし、茂右衛門はそうしなければならない立場だった。

本家の赤ん坊を背負い、低い声で眠らせ唄（子守唄）をうたっていた徳内の姿が、茂右衛門の脳裏をまた掠《かす》めた。妙な気分でもあった。つかの間、幻聴のように徳内が口ずさんでいた眠らせ唄が甦《よみがえ》った。

オワイヤーオワイヤー
オワイヤーレーヤーアレー
寝っとねずみに引かれんぞ
起きっと夜鷹《よたか》にさらわれる
オワイヤーオワイヤー
オワイヤーレーヤーアレー

あの声が茂右衛門の耳にこびりついていた。

「今や蝦夷地の調査については、あの方はなくてはならぬ御仁でござる。だが、北の松前藩には、いささか煙たく思われる存在でもござろう」

北斗の端正な声が眠らせ唄の続きを拒んだ。

茂右衛門は、はっと我に返り、「それはどんな意味でござりやすか」と、訊いた。

「や、これは口が過ぎた。おぬしは知らずともよいことだ」

北斗は慌ててお茶を濁《にご》した。蝦夷地見分隊というのは隠密《おんみつ》の御用を帯びたものである
ことに北斗は俄に気づいたのだった。

「ははあ、込み入った事情がおありになるんでござりやしょうなあ」

茂右衛門もさり気なく応えた。
一、本家親類衆中に挨拶のこと。
一、菩提寺《ぼだいじ》本覚寺《ほんがくじ》墓参のこと。ならびにお供物《くもつ》調度のこと。
一、親類、友人、知人と会食のこと。
一、若者衆中に諸学講義のこと。
一、医者衆中に『傷寒論《しょうかんろん》』の講義のこと。
徳内の楯岡村帰郷は、およそ、そのような日程で進められることとなった。
この度は徳内が長《おさ》となった見分であったため、御用が終了したあかつきに帰郷の機会
が実現したのである。

甑岳に春霞《はるがすみ》が立ったその日、最上徳内は下僕を従え、八つ（午前二時頃）に尾花沢を立ち、四つ（午前十時頃）には楯岡に到着する予定だった。

狭い宿場の村は徳内帰郷の噂で持ちきりとなっていた。庄屋、笠原茂右衛門の屋敷は玄関前に幕を巡らし、提灯を下げ、さながら祭りのようだった。徳内は生家ではなく、茂右衛門の屋敷でひとまず旅装を解くことになっていた。茂右衛門の屋敷に通じる沿道には村人が一斉に出迎えに出ている。茂右衛門も紋付羽織に威儀を正し、玄関前に出て北斗と一緒に徳内を待った。

これから現れる徳内がどのような表情をしているのか興味は尽きなかった。武士となった徳内が想像できなかった。茂右衛門が易々《やすやす》と想像できるのは、子供の頃の徳内の姿だった。真っ黒な手足と、垢《あか》がこびりついていた首筋。汗と汚れでどろどろになった単衣《ひとえ》から饐《す》えた臭いもしていた。

あの頃、徳内は己れの未来に光が射すことを信じていたのだろうか。来る日も来る日も本家の赤ん坊を背負い、寺子屋を覗《のぞ》きに来ていた徳内。そんな徳内が茂右衛門には、煩《わずら》わしくもあった。谷地の煙草屋に奉公するようになっただけでも茂右衛門には驚きだった。

真面目な徳内はその煙草屋の主《あるじ》から養子になることを仄《ほの》めかされていたらしい。一時は徳内もその気になったようだが、叔父の高宮清心から反対されて、その話を断っている。

甥《おい》の将来が煙草屋の主ということが清心には不満だったらしい。茂右衛門の父親は、せっかくのいい話に、清心が横槍を入れたことに腹を立てていた。

——何んぼ、志は高ぐでも、喰えねばどもなんね。いったい、あすごのえは、何考えでいるもんだが。昔の家柄ば振り回しだどごろでしゃあねえ。

清心も徳内の父親の甚兵衛も、二言目には、「おらほのえは、近江国《おうみのくに》の高宮城の主せ。世が世ならば、殿様よ」と、得意気に語った。

その話には、村人の誰しもが、いい加減、うんざりしていたものだ。内心では喰い潰して出羽国に逃れて来たではないかと思っていた。銭はなくても心は錦。村人達は高宮一族をそんなふうに胸の内で揶揄《やゆ》していた。

沿道から拍手が起こり、茂右衛門は顔を上げた。徳内の一行がようやく楯岡に到着したらしい。先頭を達者な足取りで歩いて来るのは、紛れもなく、高宮の分家の元吉こと最上徳内だった。

徳内は知った顔を見つけると笑顔で会釈した。後ろには徳内の従者がついていたが、士分の者は二人で、後の三人は荷物を担いだ下僕だった。

徳内に後光が射している——大袈裟でもなく、茂右衛門はそう感じた。渋紙色に陽灼けした肌は、その年齢にしては艶《つや》があり、張り出た額は陽射しに反射して光っていた。徳内は月代《さかやき》を剃らず、総髪にしていた。その風貌《ふうぼう》は武士ではなく、医者か儒者にも見えようというものだった。夜明けの出立にもかかわらず、徳内には疲れた様子が微塵も感じられなかった。

徳内の晴れ姿を見た途端、茂右衛門の胸に浮かんだのは、微《かす》かな嫉妬《しっと》の情だった。茂右衛門とて、楯岡の庄屋として村人からは尊敬の目で見られる。しかし、徳内は幕府から禄をいただく武士であり、徳内を上司と仰ぐ家来達にかしずかれている様は、とてもその比ではなかった。

「これはこれは最上様、遠路はるばるご苦労様でござりやす」

茂右衛門は内心の思いを覆い隠し、愛想のよい笑顔で徳内に声を掛けた。

「やあ、庄屋さん、この度はまんず、ご無理ば喋って精を切らさせだなあ。すまんこって」

徳内は帰郷した安堵《あんど》のせいか、国の訛《なま》りで応えた。

「そだらなことはお気になさらねェで下さりやす。ささ、どうぞ、中に入ってお休みなされやす」

「ふむ。それでは伴の者はお言葉に甘えてそうさせていただきますが、わしはがちゃと、彦六の顔ば見でくるはげェ。妹達も来てるがもしんねしの」

「したら、その足で分家のだだちゃの墓参りに廻るんでござりやすか」

「んだな。そういうごどになるべな。したら庄屋さん、後でまだ」

徳内はそう言うと、伴をするという下僕を柔らかく制し、土産《みやげ》らしい小荷物を携《たずさ》えて、今来た道を戻って行った。

茂右衛門は待ち構えていただけに、拍子抜けするような気分だった。しかし、竹内北斗が午後からのささやかな小宴の準備を急かしたので、巡らした幕の中に入った。奥の間と客間の間の襖を取り外せば、大広間になる。台所では、はつの采配の許、女《おなご》衆《し》が料理を作る賑《にぎ》やかな声がしていた。

徳内は生家ですま、彦六、三人の妹達、楯岡の旧友達と再会すると、甚兵衛の墓参りをした。それから菩提寺の本覚寺へ行き、住職に甚兵衛の回向《えこう》を頼んだ。布施はその時、徳内が住職に差し出したが、仏前に上げる供物の費用は事前に竹内北斗から渡されていたので、茂右衛門はそれを寺に納めた。そのお蔭で仏前は華やかに飾られていたという。無事に回向が終わったのが正午で、徳内は生家で湯漬けを掻《か》き込み、その後、すまが沸かした湯に入って身体を清めた。

茂右衛門の屋敷に再び現れた徳内は、予定していたことをすべて済ませたと、安心した顔で茂右衛門に報告した。

それから、親戚や徳内を知る人々が三々五々集まり、宴は賑やかに始められた。勧められるままに徳内は盃《さかずき》の酒を幾つか飲み干した。

七つ（午後四時頃）に小宴がお開きになると、かねてより予定していた論語の講釈になった。

村の若い衆は徳内に続けとばかり、徳内の講釈には熱心に聞き入っていた。講釈は五つ（午後八時）頃まで続けられた。それが済むと、近隣の村から集まって来た医者に『傷寒論』などを論じ、さらに詩文和歌の話にまで至った。すべての行事が終了した時、時刻はすでに深更に及んでいた。

「やあやあ、長いごどお疲れ様でござりやす」

茂右衛門は茶を差し出して徳内の労をねぎらった。茂右衛門は、いつもならとっくに床に就いている時刻だったが、郷士の名士を迎えた緊張感で、さほど眠気は差してこなかった。集まった客を帰し、伴の者を休ませると、徳内は気軽に胡座《あぐら》をかき、「もはや気を遣わねばなんね人もいなぐなった。茂右衛門さん、堅苦しい言葉遣いはやめるべ」と、鷹揚《おうよう》に言った。

「したどもせ、最上様はお侍ェ様になったんだはげェ、おら達みてな百姓は口の利き方ば考えねばなんね」

「ええんだってば。元吉って喋ってけれ」

「……………」

「茂右衛門さんは、まさがおらが侍ェになるって思わながったべな」

徳内は悪戯《いたずら》っぽい顔で訊いた。茂右衛門は内心を悟られたかと慌てて首を振った。

「んでね。元吉っつぁんは昔から頭こよがったはげェ、いずれはひと廉《かど》の男さなると思っていだもんだ」

「何んも世辞だば喋んなくていい。おらが侍ェになったのは、たまたまだ」

「一つ、訊いでもいいべが」

茂右衛門は恐る恐る口を開いた。

「何んだ？」

「なして蝦夷ヶ島なんだべな。元吉っつぁん、昔がら蝦夷ヶ島に行きてェと思っていだんだべ」

「ああ……」

徳内はその時、遠くを見るような眼になった。

「それは、なしてだべ」

茂右衛門は首を伸ばして訊いた。

「昔な、うっと昔だ。この辺りにも蝦夷は住んでいだごとがあるんだ。奴らは狩りばがりして、米ば作らねがった。米ば作らねってことは年貢もいらねってことだ」

「んだな」

茂右衛門は素直に相槌《あいづち》を打った。

「蝦夷は庄屋にも、代官にも、藩のお屋形《やかた》様にも縛《しば》られねェってことだ」

「………」

「おらは、誰にも縛られねェ蝦夷が心底、羨《うらや》ましかったんだはげェ。したども、この辺りは米作りの本場ださげ、蝦夷どもは次第に土地を追われた。残っているのは蝦夷ヶ島の蝦夷だけよ。おらは蝦夷がまた土地を追われるのが不憫《ふびん》だど思って、蝦夷に米作りば教えるって喋っていだんだ。だが、実際は、そんな、なまぬるいもんでねがった。聞くと見るとは大違いだあ」

徳内の声にため息が混じったが、ふと思いついたように、「茂右衛門さんには世話になったさげ、これば、けで（くれて）やる」と、腰に下げていた煙草入れを取り出した。革製の使い込まれた煙草入れには空のような色の青玉が括《くく》りつけられていた。

「この青玉はな、蝦夷ヶ島の北のカラフトという国に交易に来た山丹《さんたん》人が持って来たもんだ」

「そんな貴重な物はもったいなくていただけやせん」

茂右衛門は慌てて辞退した。徳内は茂右衛門の手に無理やり煙草入れを持たせた。

「茂右衛門さん、聞いでけれ。この青玉はな、カラフト蝦夷の命が掛かったもんだはげェ」

「命が……」

重い言葉に、茂右衛門は徳内の口許をじっと見つめた。これから徳内が話すことを一言も聞き洩らすまいと身構えてもいた。心なしか、徳内の唇はその時、微かに歪《ゆが》んで見えた。

四

寛政四年（一七九二）。

三十八歳の徳内は西蝦夷地、ならびにカラフト見分のため蝦夷地に渡った。それは徳内にとって、第五回目の蝦夷地渡海だった。蝦夷地の身を切るような風の洗礼を受ける度、おのずと姿勢を正すような気持ちになるのは変わりがなかった。奥地に入るにつれ、風と寒気は、いやました。

江戸にいると風がなまぬるく感じられて、むしろ気持ちが悪かった。徳内は自分の身が北の地にある時こそ、生きている実感を覚えるという。徳内は幕府の役人というより、すでに探検家としての資質を身につけていた。

見分隊はカラフトの白主《しらぬし》という所に上陸して、満州・山丹人とカラフト蝦夷との交易を調査するため、聞き取りを始めた。どうも、その交易については不透明な部分が多く、徳内は以前から気になっていたのだ。

山丹人とは黒竜江《アムール》付近に住む異人のことで、彼らは大陸から蝦夷錦や、綴《つづ》れ錦、青玉を携え小舟でやって来て、カラフト蝦夷と交易していた。山丹人が非常に狡猾《こうかつ》な面を持っていたことは、徳内が通詞《つうじ》（通訳）を通してカラフト蝦夷から聞いてわかったことだ。カラフト蝦夷は山丹人に比べ、あまりに無垢《むく》だった。

交易は物々交換で行なわれるが、山丹人の蝦夷錦、綴れ錦、青玉は高価に過ぎた。カラフト蝦夷から持ち込まれる毛皮や鉄器では到底、太刀打ちできなかった。すると山丹人はカラフト蝦夷に足が出た分を貸しにした。

貸しが嵩《かさ》み、どうにも返済ができないとなると、山丹人は蝦夷の幼少の者を貸しの代わりに国へ連れ去った。奴隷に使うのだ。それは明らかに人身売買だった。

徳内が白主から久春内《くしゆんない》という所へ着いた時、偶然、山丹人が交易のために訪れているのに遭遇した。つき添っていた下僕は、いずれもカラフトにいた蝦夷だった。

久春内から山丹の国への渡り場ノテトまで百里余りあるが、蝦夷の住まいは二、三ヵ所しかなく、中には人家の途絶えた所もあった。皆、山丹の国へ連行されたためだった。

蝦夷錦、綴れ錦は美しい布で、紙入れにしたり、また、青玉は掛け軸の風鎮として人々は賞玩《しようがん》するが、誰も蝦夷が異国へ身売りした代金とは、つゆ思いもしない。

この実態を知った見分隊の一行は蝦夷の身の哀れに落涙することを禁じ得なかった。

そうまでしてカラフト蝦夷が錦や青玉を買わなければならなかったのは、蝦夷地、ならびに近隣の島々を支配する松前藩の意向であった。このような事実を幕府が数十年もの間、知らずにいたことに徳内は内心忸怩《じくじ》たる思いだった。さらに松前藩は、錦や青玉をあたかも国産のごとく触れ廻り、諸侯への貢ぎ物にしていたことにも憤《いきどお》りを感じた。幕府松前藩は千金万金を積んででも、山丹の国から蝦夷を連れ戻すべきと強く思った。幕府は徳内から蝦夷地の実態を報告される度、次第に松前藩に対して疑念を抱くようにもなっていた。

松前藩は徳内を要注意人物として警戒していた。徳内は松前藩の不埒《ふらち》をあばくために、何度でも蝦夷ヶ島に渡るつもりでいた。

見分隊は、他に俵物《たわらもの》御用と、御試《おため》し交易という目的を持っていた。俵物御用は海産物検査であり、御試交易とは蝦夷から搾取《さくしゅ》をしない交易のことである。困窮している蝦夷を救済するためだった。徳内はこの時、青玉を幾つかカラフト蝦夷から求めたのだ。

「何んつ、言ったらいいんだがわがね」

茂右衛門は悲痛な声を上げた。

「んだべ？　聞かねばいがったって思ってるんでねが」

「正直、そげな気持ちでおりやす」

「おらも知らねばいがったてごどが、えっぺあった」

「元吉っつぁんが考えでだ蝦夷ど実際の蝦夷はまるで反対だったんでねが。誰にも縛られねどごろが、北の殿様や大陸の異人にがんじがらめに縛られで、にっちもさっちもいがねぐなっているはげェ」

「んだ。おらの考えでだ蝦夷ど、まるっきり正反対だった」

「元吉っつぁん、どうが蝦夷ヶ島やカラフトの蝦夷ば助けでやってけれ。気の毒で聞いでいられね」

「ありがとさんだな。茂右衛門さんにおらの気持ちばわがって貰っていがったと思ってるはげェ。まだ、この楯岡にいづ戻れるがわがんねェ。ががちゃと彦六のことはくれぐれもよろしく頼むじゃ」

徳内はそう言って頭を下げた。

「水臭ェ。そだらなごどは喋られねェたって、よぐわがってるはげェ」

「んだが」

行灯《あんどん》の灯心が焦《こ》げたような音を立てた。徳内は俄に夜が更けたことに気がついた様子で「やあや、ずんぶ刻《とき》が経ってしまったなあ。明日は早ェし、茂右衛門さん、おら達もそろそろ寝るがや」と言った。

「んだなあ。もっと話こしていてども、明日はまだ予定があるどごで、あまり引き留めでも迷惑になるしな」

「明日は親戚のどごど、高宮の叔父ちゃに顔ば出して、それがら天童さ出るつもりだじゃ」

「何んとも、忙しもんでござりやすなあ」

「いや、楯岡に来られただけでもいがったって思ってるはげェ」

そう言った徳内の表情は満足そうだった。

普通ならひと廻り（一週間）ほど掛ける日程を徳内は僅か二日で収めたことになる。その精力的な様子は、ただただ驚くばかりだった。

徳内が寝間に引き上げると、茂右衛門は手の中の煙草入れにしみじみとした視線を落とした。煙草入れについている空のような色の玉は、茂右衛門が生まれて初めてみる物だった。いったい、どんな所からこのような玉が出てくるのだろうか。砂金や銀が出る話は何度も聞いたし、実際に目にしたこともある。

しかし、そのような色の玉はなかった。遠い異国には茂右衛門がまだ目にしたこともない不思議な物がたくさんあるのだろう。

徳内はその玉をカラフト蝦夷の命が掛かった物だと言った。たかが吹けば飛ぶような青玉で蝦夷が一生を縛られるのだ。世間知らずの茂右衛門でも、それが理不尽であることは理解できる。

青玉は行灯の光に照らされて美しかったが、それは悲しみの色でもあるかと、茂右衛門はふっと思った。

だが、この夜、徳内が茂右衛門に話したことは、ほんのさわりに過ぎなかった。

寛政元年（一七八九）に国後の蝦夷が蜂起《ほうき》（一揆）して、徳内は青島俊蔵とともに、その調停に務めた。

松前藩の家老、松前左膳《さぜん》は徳内の上司の青島俊蔵に、領地内で起きた騒動を幕府にどのように申し上げたらよいのかと助言を求めた。

俊蔵はその時、「ありのままを申し上げられたらよかろう」と、あっさり応えた。

だが、このことが江戸に戻ってから大変な事件となってしまった。

老中首座は松平定信《まつだいらさだのぶ》に替わっていた。定信は俊蔵が提出した報告書に不信の念を抱いた。

見分隊は隠密の命を帯びた者達である。それが、立場を忘れて蜂起の調停に乗り出したり、松前藩の落ち度に助言を与えるなど、行き過ぎであると定信は思ったのだ。さらに、定信は俊蔵と松前藩の間に何か闇の取り引きがあるのではないかと疑いを持った。俊蔵は入牢、徳内も連帯責任を問われて入牢となった。

幸い、徳内は恩師、本多利明の奔走で釈放となったが、俊蔵には遠島刑《おんとうけい》の沙汰《さた》があり、八丈島行きの船が出る前に小伝馬町の揚屋牢《あがりやろう》で死去してしまった。この辛い事実は口が裂けても徳内は茂右衛門に言えなかった。

徳内も牢内で病を得て生死の境をさまよっていたから、まかり間違えば俊蔵の運命は己れの辿《たど》る道でもあったかも知れない。

それで蝦夷地がいやになったかと言えば、決してそうではなかった。俊蔵亡き後、蝦夷地御用の使命感に、徳内はさらに駆り立てられた。

何より、徳内は蝦夷が好きだった。自然を神と崇《あが》め、そこから得られる海の幸、山の幸に心からの感謝を表わす。和人はともすれば、自然の恵みをすべて儲《もう》けと考えがちだが、蝦夷は決してそうではなかった。皆、コタン（集落）の住人達と平等に分け合うのだ。その姿に徳内は打たれる。この純粋な人々に迫害を与えてはならぬと心底、思う。

本来、蝦夷に金は必要な物ではなかった。

その必要性を教えたのが松前藩であり、知行場所で商売をする場所請負人《ばしょうけおいにん》だった。飛驒屋久兵衛《ひだやきゅうべえ》――その名を徳内は決して忘れることができない。寛政元年の蝦夷の蜂起も、運上屋《うんじょうや》（場所請負人の出張所）の番人が蝦夷を安い給金で漁業や魚油、しめ粕《かす》製造の下働きとして使ったり、メノコ（アイヌの女性）を妾《めかけ》にしたり、目を覆《おお》うばかりの非道が続いたためだった。蝦夷は今や、松前藩の恩恵なしには暮らせない現状でもあった。だが、その一方で、かつて徳内が憧れた蝦夷の姿を彷彿《ほうふつ》させる者もいた。

厚岸の若き乙名《おとな》（首長）イコトイ。

彼《か》の者の協力なしには、徳内は国後も択捉も渡ることはできなかっただろう。粗末な蝦夷舟で、徳内は真冬の海を国後へと渡った。

国後と択捉の間にある瀬戸は国後水道と言って、三方から激しい潮流がいっきに流れ込む所だった。

見分隊の誰しもが及び腰になっていたけれど、一人、徳内だけは渡るつもりでいた。

イコトイの祖父は択捉の先の得撫島からカムチャッカまで二百里もの道程を狩猟のために出かけていたという。徳内は自分もさらに北辺の地を極めたい思いでいっぱいだった。

東の蝦夷の力は底知れないものがあった。

ロシアが領土拡大政策のため、ロシア人が得撫島まで南下して越年しようとしたことがあったが、そこに住んでいた蝦夷の抵抗で敵《かな》わなかった。

そうでなければ、得撫島はとっくにロシアの領土となっていただろう。

東の蝦夷は幕府が知り得ない情報を幾つも持っているとも徳内は感じた。それを知ることで、大国ロシアの動きもおのずと見えてこようというものだ。幕府が恐れるのはロシアが日本に攻めて来るのではないかということだった。

松前藩は大事ないと呑気なことしか言わないが、徳内には危機感があった。イコトイと渡った択捉島で三人のロシア人と徳内は実際に会っていたからだ。ロシアもひそかに日本の動きを探っているのだ。

ロシアを警戒していたのは徳内だけではない。師匠の本多利明も、他の多くの識者も著作を通して、それを訴えていた。

徳内は机上の論を振り回すより、自分の足で北辺の土地を踏み締め、目に見えたことから異国の動きを確かめたいと思った。蝦夷地渡海が重なる内、徳内の中には、幕府の御用以上に北へはやる気持ちが強くなった。

それはなぜなのか徳内にはわからない。学問を志していた時に感じていた、もっと、もっとという気持ちにも似ていた。学んでも学んでも、足りないと思った。

目標をイコトイの祖父が辿った道程に定めれば、国後も択捉も得撫も、いや、その先の霜知《しもしり》、宇志知《うせしり》、幌筵《ぽろもしり》も何んら臆《おく》するものではなかった。

ロシアの動きを危惧《きぐ》するとともに、徳内は松前藩の動きも気になった。それはカラフト見分に訪れた際、山丹人の下僕となっていたカリヤシという蝦夷の言葉を聞いてからのことだ。

徳内はカリヤシから山丹の風土のことを色々と聞いた。もとはカラフト蝦夷なら通詞もいらなかった。カリヤシはある時、松前藩の藩士である松前平角《へいかく》という男から注文された沓《くつ》を携えていた。山丹人の女が手製した美しい色の沓だった。さらに平角は山丹の官人に書簡を送り、返事を持って来させたりしていた。

徳内は仰天した。いかに最北の藩といえども、異国の官人と書簡のやり取りをしていたとは慮外千万《りよがいせんばん》である。これは異国と内通したるものかと、徳内はさっそく江戸に戻ってから幕府に進言したのである。

幕府はこの頃から、ようやく松前藩に対する疑念を明確に持つようになったのである。だからと言って、徳内は幕府の隠密に徹していた訳ではなかった。

蝦夷の日常の言葉を拾い集め、渡海が重なる内、徳内は蝦夷語にも堪能になった。徳内は蝦夷地のことを書き記した『蝦夷草紙《えぞぞうし》』を著した。今では、『蝦夷草紙』は蝦夷地渡海を行なう者の手引書にもなっている。

さらに、徳内の下僕であったフリウエンという若者の蝦夷に徳内は和人の言葉を教えた。

フリウエンは徳内の指南のお蔭で流暢《りゆうちよう》に和人の言葉を喋り、かなり達者な字も書いた。しかし、松前藩は蝦夷に読み書きを教えることは禁じていた。徳内が要注意人物として松前藩に目をつけられていたのは当然と言えば当然であろう。時には毒を盛られるということもあったが、幸い、事前に気づいて事なきを得た。

こうして厳しい自然と危険を隣り合わせにしながら幕府の御用をこなしてきた徳内は竿取りから五十俵三人扶持《ぶち》の幕府普請役に昇進したのである。楯岡のつかの間の帰郷は、そんな忙しい徳内のささやかな魂の充足でもあっただろう。

しかし、その徳内の足跡も庄屋の笠原茂右衛門は、僅《わず》かしか理解できなかった。茂右衛門には楯岡で子守りをしていた貧しい元吉が出世したこと、それだけで十分でもあったが。

五

翌朝、徳内は七つ（午前四時頃）に起床し、明六つ（午前六時頃）には親戚の家を訪れて帰郷の挨拶をし、それが終わると慌ただしく天童へ向けて出立した。

出立の時も、やはり沿道に村人が並んで徳内を見送った。徳内は茂右衛門に礼を述べると、つと背後にある甑岳を振り仰いだ。

「人は年をとるども、山は変わんねぇなあ」

感慨深い表情だった。毎朝毎夕、当たり前のように目に触れる甑岳に茂右衛門はいまさら特別な思いを抱きはしない。茂右衛門はおざなりに相槌を打った。

「うっと国ば離れでいたもんだで、久しぶりに甑岳ば見で、胸詰まったじゃ」

「そんなもんでござりやすかなあ」

「庄屋さんも試しに一年ぐれぇも楯岡ば離れでみれ。こだらに美しい山は他にねぇと思うど」

「ははあ……」

茂右衛門は曖昧《あいまい》に笑う。茂右衛門が村を離れることなど、万に一つも考えられないことだった。

「蝦夷ヶ島の山も国後の山も、カラフトの山も甑岳の足許にも及ばねェ」

だが徳内は愛嬌《あいきょう》のある口許を弛《ゆる》めてそう続けた。

「これはまた、思い切ったごどばおっしゃいますなあ」

「おらの本当の気持ちだはげェ。何んつ喋ったらいいんだべ。おんもりと懐さ入ってい

るみてェに安心するんだがや」

「……………」

「茂右衛門さんも村の衆も甑岳ば大事にしてけろじゃ」

徳内はそこまで言うと、途端に姿勢を正し、茂右衛門に深々と頭を下げた。楯岡の元

吉の姿はそこまでだった。顔を上げた徳内はもはや幕府の役人の顔になっていた。

「しからば参ると致そう」

伴の者を目で促すと、踵を返して街道へ通じる道を達者な足取りで去って行った。

徳内の一行の姿が見えなくなると、茂右衛門に思わず大欠伸《おおあくび》が出た。

「お父さ、ご苦労様でござりやしたなあ」

傍《そば》で、はつがねぎらいの言葉を掛けた。

「うむ。も少し、ゆっくり事ば運ぶんだば大したごとはねェども、いやいや、息つぐ暇

もながったじゃ」

「んだすなあ。精が切れだごと。したども、あれぐらいでねば、百姓の倅はお侍ェになれねんだべ。分家のおすまさんは、さぞがし、鼻が高がったごとだべ」

「あ……」

茂右衛門は突然、あることを思い出した。

徳内の歓迎に気持ちを奪われている間に、茂右衛門はすまに都合した二両の金のことを催促するのを忘れてしまったのだ。それは春の種籾《たねもみ》を用意するためのものだった。

「何した、お父さ」

はつは怪訝な眼を向けた。

「いや、何んでもね、こっちのことだ」

茂右衛門ははつに、そのことは話さなかった。こんな時、いかにもみみっちく思われたからだ。徳内から青玉をつけた煙草入れを進呈されている。その青玉は徳内の話を信じるならば十分に二両以上の価値があるはずだ。

茂右衛門はまた込み上げる欠伸を嚙《か》み殺しながら家の中に足を向けた。

その時、茂右衛門の耳に低く眠らせ唄が聞こえたと思った。唄は飯岳の方向から聞こえた気がしたので、思わず茂右衛門は山頂を仰いだ。細長い雲がゆっくりと流れている。

徳内が残した言葉のせいか、その日は特別な目で飯岳を眺めることになった。

オワイヤーオワイヤー
オワイヤーレーヤーアレー
寝っとねずみに引かれんぞ
起きっと夜鷹にさらわれる
オワイヤーオワイヤー
オワイヤーレーヤーアレー

眠らせ唄は、空耳にしてはひどく明瞭《めいりょう》だった。茂右衛門は「何んが、聞こえるが？」と、はつに訊ねずにはいられなかった。

「何んも。ざわざわと風の音はするども……」

はつは、にべもなく応えた。

「んだが」

「お父さ、ちょごっと横になった方がいいんでねが？　目の下、隈《くま》ができてるがら」

「これは、もどもどだ」

茂右衛門は癇《かん》を立てる。はつはくすりと笑った。だが、すぐに真顔になり、

「お父さ、元吉さんの手っこ見だが？」

と、訊いた。

「手っこ?」

「んだはげェ。しもやけが嵩《こう》じて、すっかり瘤《こぶ》みてェになってだで。蝦夷ヶ島っつうどごは、やっぱり凍《しば》れるんだべな。お父さ、お父さは出世しねぐても、きれえな手っこしていがったな」

「何喋るが、このずほ!」

茂右衛門は呆れたように笑ったが、はつが内心で茂右衛門の気持ちを察していたのかと思うと、照れ臭い気がした。

「お前ェの言う通り、ちょごっと横になるがや。晩げはまだ、会所で寄合があるはげェ」

「んだ、んだ。そうせばええ」

はつは肯《うなず》いて茂右衛門の背中を、そっと押していた。

慌ただしい帰郷から間もなく、徳内は普請役から箱館奉行支配調役並《しらべやくなみ》に抜擢《ばってき》され、百俵三人扶持、他に役扶持七人扶持を給わることとなった。

五月に江戸を出立して箱館に向かう途中、徳内は福島城下から五里ばかり離れた陣屋より茂右衛門に文を託してきた。

『私儀、この度箱館奉行支配調役並に仰せつけられ、存じ懸《が》けなき結構に相なり、なお躑躅《つつじ》の間《ま》御月番御老中、水野若狭守殿、仰せ渡せられ、この度、出立についても御暇拝領物《りょうぶつ》下され候に、右、御席に罷り出候。有難き仕合せに御座《ござ》候間、御吹聴《ふいちょう》仕り候。私母へも御物語下され度《た》く、願い奉り候。この度は具足櫃《ぐそくびつ》・槍・両掛・合羽・籠乗り物に御座候。用人・侍・槍持ち・草履《ぞうり》取り召し連れ、幕を打ち、旅宿札《ふだ》懸け置き申し候。これも御物語下され度く候。さてまた、春中、母より申し聞き候には、よんどころなき借金、三両これあり候由に御座候間、金三両他に、この度、結構に相なり御祝儀二両合わせ、金五両差し上げ候。この旨も母へ仰せ含められ、右金五両は御渡し下さる可候。すなわち、相添え差し遣わし申し候。この度、西蝦夷・松前とも召し上げ候につき、私も引き出され罷り越し候。明後年春ならでは帰府相なり間敷《まじき》様子に御座候。右申し上ぐべく、かくの如しに候。以上』

その手紙には異例の出世をした徳内の得意の様子が手に取るようにわかった。このことは村人にも吹聴してくれ、すまにも語って聞かせよ、と昂《たかぶ》った気持ちがあふれていた。

その手紙から茂右衛門が新たに知ったことは、すまの借金が自分の所だけでなく、別な所にも一両あったのかということだった。

あるいはすまが、今後のことを考えて徳内に余分な物まで無心したものかとも思った。いずれにしろ、借金が清算されるのは茂右衛門にとっても都合のよいことであった。

また、松前藩が領地を召し上げられ、移封《いほう》（領地替え）になった様子も驚きであった。ついにと言うべきか、やはりと言うべきか。それは徳内の幕府への報告も影響していたかも知れない。

第九回目の徳内の蝦夷地渡海は箱館へ赴任するためのものだったが、皮肉にも、これが徳内の最後の渡海にもなり、また、これまでの蝦夷地在留期間中、最も長いものとなった。

この間、徳内はカラフトにて見分に来た間宮林蔵《まみやりんぞう》と会い、間宮海峡発見に至る助言も幾つか与えることになるのである。

徳内は蝦夷地御用を解かれた後は富士見宝蔵番《ふじみほうぞうばん》に進み、御簾中《ごれんちゅう》（将軍の正室）御広間《おんひろま》添番《そえばん》を最後に務めを退いたという。

六

「お父さ、分家の元吉さんはどうしているんだべな」

茂右衛門の妻のはつが、思い出したように口を開いた。徳内から隠居したという便りが来てしばらくしてからのことだった。

「んだなあ、どうしているべなあ」

すっかり頭が白くなり、腰も曲がり掛けた茂右衛門は相槌を打った。

「七十までお務めしてたんだべ？　大したもんでねが」

はつは心底、感心したように言う。

「んだ。大したもんだ。したども、倅達が若死にするどごで、元吉は呑気に隠居もできなかったんだべ」

男子に恵まれなかった徳内が養子を迎えるも、二人の養子に先立たれていた。ようやく效之進《こうのしん》という息子が最上家の跡目を引き継いでいた。

「もはや、楯岡には戻って来ねんだべが」

はつは思案顔で続ける。

「恐らく、戻って来ねべ。あれだげ江戸だ、蝦夷ヶ島だって騒いでだ男が、こだらな村さ戻って来る訳もねェ」

「元吉っつぁんのががちゃが死んだ時も弔いに間に合わながったな。盆に来たども、すぐに帰ってしまったはげェ。忙しい男だじゃ」

「………」

「元吉っつぁんの嫁さんは南部の人なんだべ？」

「んだ。南部の野辺地《のへじ》っつうどごの出だ」

「いっつもお父さが、えば留守にするはげェ。嫁さんもゆるぐねがったべな」

「仕方ねべ、元吉は務めがあるはげェ」

「したどもせ、おらだら、お父さが出世しなぐでも、えさいでけだ方がええと思う」

「ほほう」

「何笑うが。おらは真実の気持ちば喋ってるんだぞ」

「ありがとさんだな。おらも凍れる蝦夷ヶ島だら、行きてェと思わねな。ここがいい。楯岡がな」

二人はその後、言葉もなく、茶を啜《すす》り合った。縁側から甑岳の姿が変わらず見えていた。

茂右衛門夫婦にとって、その山は何んの変哲もない山だった。目に見える景色の一つでしかない。その山を特別な感慨を持って眺めることなど、思いも寄らない。

一人の無名の男が出世するためには、他の者が窺い知れない苦労があると思う。その苦労を越えてこその出世なのだ。自分にその苦労ができるかと茂右衛門が己れに問えば、「否《いな》」という答えしか返って来ない。

茂右衛門は二十年ほど前の徳内の慌ただしい帰郷のことをぼんやり思い出していた。

あの短い帰郷の間にも、徳内に魅せられた若者がいた。

石川八郎兵衛《いしかわはちろうべえ》。楯岡笛田の染物屋の職人である。徳内に頻繁に手紙を書いて教えを受けていた。文筆工芸に優れ、絵画、彫刻をよくし、また本覚寺の実測図や、楯岡全田畑分限絵図も残している。庄屋の茂右衛門には、村の誇りとして徳内以上に鼻が高かった。

徳内の長い旅は終わった。この先は同じ隠居として、江戸と楯岡と離れていても、さして変わらぬ日を暮らすだろうと茂右衛門は思った。ここに来て、ようやく徳内と自分の距離が縮まった気がして、それが安堵の思いを茂右衛門にもたらしていた。

だが、それは茂右衛門の呑気な錯覚だった。

老いていよいよ盛んな徳内は自分の積み上げた仕事を託す後進の輩《やから》を捜していた。

それが誰あろう、ドイツの医師、フィリップ・フランツ・フォン・シーボルトであった。徳内は江戸でシーボルトと親交を結ぶと、アイヌ語辞典などの共同編纂《へんさん》を行なった。

その後に起こったシーボルト事件は、徳内の唯一の勇み足だったかも知れない。

柄杓星《ひしゃくぼし》

一

年が明けてから、江戸は三日と晴天が続いたためしはなかった。慶応四年(一八六八)の初めは終日曇天か、もしくは身体の芯まで凍えそうな雨ばかり。

もうすぐ幕府小納戸役、村尾《むらお》仙太郎《せんたろう》の許へ嫁ぐことになっていた杉代《すぎよ》は、己れの将来に一抹の不安を覚えていた。すっきりしない空模様は杉代の心の内を反映したものでもあったろうか。

むろん、その不安は理由のないことでもなかった。アメリカのマシュー・カルブレイス・ペリーが黒船と大砲の威力で日本に開港を迫ってから日本の鎖国体制は翳《かげ》りを帯び始めていた。下田、箱館、横浜と、次々開港されていく中、幕府の威力もまた精彩を欠いていった。

攘夷を過激に主張する長州は度々、幕府を脅《おびや》かした。幕府は第一回長州征伐でその勢力を殺《そ》いだものの、しばらくすると、またぞろ長州は勢力を盛り返した。

前将軍徳川家茂《いえもち》は第二回の長州征伐の最中に大坂で死を迎えた。イギリスと結びついた長州は最新兵器を駆使して幕府に抵抗し、その戦《いくさ》は長州が有利に展開した。

家茂の跡を継いで将軍に就いた徳川慶喜《よしのぶ》は勝安房《かつあわ》（海舟《かいしゅう》）を介して、長州に一時、休戦協定を申し入れた。

だが、この期に及んでも朝廷がなお幕府に攘夷を迫っていたことが、晴れて将軍に就いた慶喜の悩みの種だった。

攘夷は家茂が朝廷と交わした約束事だった。家茂は孝明《こうめい》天皇に対し、ここ十年の内に攘夷を実行すると豪語していたらしい。

攘夷とは外国人を敵視して日本から追い払うという意味である。家茂が死去したからと言って、その約束事は反故《ほご》にならない。慶喜は苦しい胸の内を抱えて朝廷に再度攘夷を誓った。そうしなければ、慶喜は将軍職を退《の》くしかなかったからだ。

だが、アメリカばかりでなくイギリス、オランダ、フランスが日本に介入して来ている現状で攘夷はどう考えても無理なことだった。

薩摩、長州は攘夷が決行できない幕府を見てとると、倒幕を唱えるようになり、その運動は激化していった。

慶喜は薩長の勢いを一時止める意味で大政奉還を上表した。それが前年、慶応三年（一八六七）十月のことである。結果的にはこれで二百六十余年続いた幕府は崩壊したことになる。

諸藩は当然、混乱に陥《おちい》った。杉代の父親や兄の話の中に攘夷だけでなく勤皇、佐幕という複雑な言葉も含まれるようになった。それ等の言葉は十六歳の杉代には理解できなかったし、父親や兄だけでなく、夫となる村尾仙太郎もあえて杉代に詳しく語ることはなかった。無知であることが、なおさら杉代の不安を募《つの》らせたのだと、後で思ったものだ。

慶喜は将軍職を辞しても政治の一線から退くつもりはなかった。フランスの支援を受け、中央集権国家の大君《たいくん》として君臨する所存でもあったし、朝廷から、いずれ大政委任があるものと信じていたらしい。

だが、力を温存したままの慶喜を不服として朝廷の岩倉具視《いわくらともみ》は大久保利通《おおくぼとしみち》等と手を組んで同年十二月にクーデターなるものを起こし、慶喜に官位、領地を返上させる王政復古の大号令となったのである。

これにより、慶喜は単なる一大名となった。

慶喜が失った威信を取り戻すには武力闘争しかなかった。それが鳥羽《とば》・伏見《ふしみ》の戦いである。

まさか幕府の一万五千もの兵が薩長の、たかだか四千の兵に負けるとは、慶喜は、つゆ思いもしなかっただろう。

戦局の悪化が伝えられると、慶喜は家臣を置き去りにして僅《わず》かの側近達とともに天保山《てんぽうざん》沖に停泊していた開陽丸《かいようまる》で江戸へ逃亡した。

敗戦処理を任された勝安房は慶喜に恭順謹慎以外、生きる術《すべ》はないと懇々と諭し、慶喜はその言葉に従い上野寛永寺《かんえいじ》にこもった。

二

慶喜が大政奉還を上表してから仙太郎がふっつりと杉代の家である横田家に姿を現さなくなったことは気になっていた。

父の横田兵庫《ひょうご》も兄の極《きわむ》も江戸城に詰めていたので仙太郎の様子を訊ねることもできなかった。慶喜は将軍に就いてから京都で政務を執っていた。慶喜の留守を狙って薩長の狼藉《ろうぜき》が続き、江戸の治安は悪化していた。

そのために、今年の二月から彰義隊《しょうぎたい》が結成され、市中の警護にあたっている。幕臣達は慶喜が将軍職を辞しても、まだその現状を受け入れられないようなところがあった。

その日も雨だった。憔悴《しょうすい》の色が濃い兵庫と極が久しぶりに雉子橋《きじばし》通りの小川町の家に帰宅すると、それを待ち構えていたように仙太郎が訪れて来た。

杉代の胸は躍った。さっそく母親の登勢《とせ》と嫂《あによめ》の松江《まつえ》とともに酒肴《しゅこう》の用意を始めた。仙太郎が訪れると三人で酒を酌《か》み交わすのがいつものことだったからだ。

だが、三人は客間に入ったまま何やら話し込んでいる様子で、一向に膳を運べという声はなかった。

登勢も松江も仙太郎の訪問の理由をすでに承知していたのかも知れない。

杉代は登勢と松江の表情から俄《にわか》に不安を覚え、そっと客間の傍《そば》に行って様子を窺《うかが》った。

「それで、おぬし、これからどうする」

兄の極の甲走《かんばし》った声が聞こえた。

「さて、それは……」

仙太郎は言葉に窮した。

「ご実家にお戻りなさるか」

兵庫も低い声で訊いている。

「いや、拙者は兄から持参金を持たされて村尾の家に入った経緯《いきさつ》がござる。今更、おめおめと実家には戻られませぬ。また、村尾の養父《ちち》も養母《はは》も、このご時世ですから持参金を返すつもりはなかろうと察しております」

仙太郎の口調に皮肉なものは感じられなかった。淡々と事情を語っていたせいだろうか。

しばらくの間、三人は沈黙していた。その沈黙を破ったのは極の声だった。

「杉代のことはどうする」

杉代は息を詰めた。全身が耳になって仙太郎の次の言葉を待った。

「この縁談、平に撤回致したく、何卒《なにとぞ》、お願い申し上げまする」

その瞬間、堪《こら》えても堪えても杉代の喉から嗚咽《おえつ》が洩《も》れた。

がらりと障子が開き、極は咎《とが》めるような眼で杉代を見た。後ろの仙太郎の蒼白《そうはく》な顔が兄の眼と重なった。

「立ち聞きするとは呆《あき》れた奴だ」

極が非難の声を杉代に浴びせた途端、

「ごめん」

仙太郎は一礼して腰を上げた。そのまま杉代の脇を通り過ぎて玄関に向かう。

「仙太郎様、お待ち下さい。仙太郎様！」

杉代は必死で後を追う。極は杉代の腕を取り「見苦しいぞ、杉代」と叱《しか》った。

杉代はその腕を払い、玄関に向かった。式台の前では登勢と松江が深々と仙太郎に頭を下げていた。

「待って、待って！」

杉代は足袋裸足《たびはだし》のまま仙太郎の後を追った。

登勢と松江の制する声も聞こえたが、杉代は後ろを振り返らなかった。縁談を断られたからと言って、黙って、はいそうですかと引き下がる訳にはいかないと、その時は思っていた。

仙太郎は杉代を避けるように前を走って行く。杉代はどこまでも追い掛けるつもりだった。

一町ほど走ったところで仙太郎は諦《あきら》めたように振り返った。

「仔細《しさい》を、仔細をお話し下されませ」

杉代は荒い息をしたままようやく言った。

くすりと仙太郎は笑った。二十歳の仙太郎はまだ少年のような体型をしていて、表情も幼く感じる時がある。それに比べ、十六歳の杉代は大人びていたので、仙太郎より年上かと言う者がいたほどである。

だが、闇雲《やみくも》に仙太郎を追い掛けた杉代は仙太郎の眼から子供っぽく見えたのだろう。

多分、苦笑はそのせいだ。

「仔細はお父上からお聞き下されし」

「いやです。わたくしは仙太郎様から直接伺いたいのです」

「困った人だ」

通り過ぎる人々が怪訝《けげん》な眼を向けていた。

それに気づくと、仙太郎は杉代の袖をそっと引き、そのまま堀留の橋を渡り、元飯田《もといいだ》町《まち》の界隈《かいわい》に入った。

仙太郎は目に留まった水茶屋に杉代を促《うなが》した。人目を避け、奥の床几《しょうぎ》に二人は座った。客は商人ふうの男が一人いるだけだった。

その男は入って行った二人に胡散臭《うさんくさ》いような眼を向けた。

仙太郎は小女《こおんな》に麦湯《むぎゆ》と草団子をひと皿注文すると、「ちょっと待ってて下さい」と言って腰を上げた。

「お逃げにならないで」

杉代は縋《すが》るように言った。

「大丈夫ですよ。隣りの店で買い物してくるだけですから」

仙太郎は杉代を安心させるように言った。

官軍の鼓笛隊の音が耳に聞こえる。この頃は「宮《みや》さん宮さん」が流行していた。鼓笛隊が奏でる節は悠長なものだったが、杉代はそれを聞く度に胸の不安が、いやました。不吉なものしか感じられない。徳川家を滅ぼしたいやな曲だった。

仙太郎は間もなく戻って来て、杉代の足許に赤い鼻緒のついた黒い塗《ぬ》り下駄を置いた。

「お履きなさい。裸足ではどうも妙だ」

仙太郎は杉代のために下駄を買って来てくれたのだった。

「申し訳ありません」

頭を下げると、また鼻の奥がつんと疼《うず》いた。

「昔……そうですねえ、杉代殿が八つぐらいの時、通りで毬《まり》つきをしていたのを見たことがありました」

仙太郎は運ばれて来た麦湯をひと口啜《すす》ると、遠くを見るような眼で言った。

「一緒に遊んでいたのは戸沢《とざわ》さんの梅ちゃんでしたか」

仙太郎は確めるように続けた。

「そうかも知れません」

戸沢家は杉代の近所にあった武家で、梅ちゃんというのは杉代と同い年の娘だった。

戸沢家は大政奉還になると、一家で国許へ引っ越して行った。

「その時、道場帰りらしい少年達に毬を奪われてしまったのでしたね」

もうすっかり忘れていたことだった。杉代は懐かしい気持ちでふっと笑った。

「拙者は毬を取り返してやるつもりでおりましたが、杉代殿は果敢に奴等の後を追い掛けました。そう、さっきのように、どこまでも」

仙太郎は悪戯《いたずら》っぽい表情になっていた。

「だって、あれは梅ちゃんの毬だったのですよ。お祖母様《ばば》からいただいた大切な毬だと聞いておりましたから」

「奴等は杉代殿の執拗《しつよう》さに匙《さじ》を投げ、とうとう毬を放り出しましたね。すると杉代殿は、嬉しそうに毬を拾い上げ、家に戻って行ったのです。額には汗を浮かべ、頰《ほお》は真っ赤になっておりました。拙者が杉代殿を可愛いと思ったのは、その時からです」

「古いことをよく覚えておられましたこと」

「だから、さっきも立ち止まらなければ杉代殿はどこまでも追い掛けて来るものと観念したのです」

「本当は何もおっしゃらずに行ってしまいたかったのでしょうね」

「できれば……」

仙太郎が村尾家を出なければならなくなったのは、主の村尾與五衛門《よごえもん》が先行きのことを考えて下した結論だという。仙太郎の養子縁組は解消され、村尾仙太郎は小日向《こひなた》仙太郎に戻るのだ。

跡継ぎのいなかった村尾家に仙太郎が養子に入ったのは十五歳の時だった。もともと実家の小日向家は杉代の家の近所にあった。仙太郎はその家の三男だった。

仙太郎は、いつも穏やかに話をする少年で、自分の父や兄のように高い声を上げることはなく、杉代はひそかに好ましく思っていた。だから、仙太郎との縁談が持ち上がった時、杉代は心底嬉しかった。一年前のことだ。

開港により米価が高騰したり、銭が不足したりして暮らし難い世の中ではあったが、江戸の人々は誰しも、まさか幕府が倒れるとは夢にも思ってもいなかっただろう。

だが、世の中は恐ろしい勢いで変化して行った。幕府は農民や町民から歩兵を掻《か》き集めて、軍隊を強化しようとしたが、この歩兵達が吉原などで乱暴狼藉を働き、却《かえ》って社会問題ともなった。

そうこうする内に大政奉還、王政復古。

諸悪の根源は長州、薩摩だとして、芝《しば》の薩摩藩邸が焼き討ちに遭うなどの事件も起きた。

そして、鳥羽・伏見の戦いの決定的な幕府の敗退。村尾與五衛門が呑気に祝言などできるかと思うのも無理はなかった。

仙太郎は自分の判断で與五衛門より先に横田家に断りを入れに来たのだった。

たかだか五年ほど暮らしただけの養子では、村尾家の養父母も仙太郎に対し、さして未練は覚えていない様子だった。杉代は二、三度会っただけの村尾夫婦の顔を思い浮かべた。二人ともおとなしそうな感じはしたが、冷たい印象も覚えた。その印象はあながち的外れでもなかったようだ。

養家を出て、実家にも戻られないとしたら仙太郎はどうするのかと杉代は心配になる。

仙太郎は仔細を告げると湯呑を口に運んだ。

茶を飲み下す時、仙太郎の喉仏《のどぼとけ》は大きく上下した。うっとりとなる気持ちを杉代は振り払った。

「あてもなく市中を徘徊《はいかい》するばかりでは埒《らち》も明きませんでしょうに」

杉代の口調は小言めく。

「このご時世では、誰一人、あてのある者などおりませぬ。杉代殿のお父上や兄者《あにじゃ》にしたところで途方に暮れておる。上様が恭順なさった以上、もはやお城に住むことも叶いませぬ。我等幕臣も、いずれどこぞで生計の道を見つけなければなりませぬ」

極は弟がいないせいで仙太郎を可愛がった。仙太郎もまた、実の兄よりも極を慕っていた。兄者という呼び掛けは親しさの表れでもあったろう。

「お城はどなたがお使いになるのですか」

「それは天皇です。睦仁《むつひと》（明治）天皇でしょう。上様は大政を奉還されたので、これからのご政道は天皇が執られることになるのです」

睦仁天皇は孝明天皇が崩御した後に天皇に就いた人だった。

そんな難しい話は杉代に理解できるものではなかったが、杉代は黙って仙太郎の話に耳を傾けた。

「わたくしはどうしたらよいのでしょう」

杉代はしばらくして独り言のように呟《つぶや》いた。

「世の中が落ち着いたら、よい人の所へ輿入《こしい》れなさい」

「仙太郎様を待っていてはいけませんか」

「………」

「いつまでも待っていると言ったら……」

「わからない人だ。だから、拙者のことはもう忘れろと遠回しに言っているのに」

仙太郎はいらいらした様子で珍しく癇《かん》を立てた。

「拙者はもはや妻を迎える気持ちは毛頭ござらん」

「ならば、どうされるのですか。どうぞ、わたくしにだけ本当のことをおっしゃって。そうでなければ、わたくしはどこまでも仙太郎様について行きます」

そう詰め寄ると、仙太郎は洟《はな》を啜るような短い息をついだ。

「心中でもしますか」

冗談混じりに言う。

「自棄《やけ》になっていらっしゃるの？」

杉代は真顔になって仙太郎を見つめた。

「いや……ただ、拙者は生まれた時から徳川家のご威光に縋って生きて来た者。兄上も父上も祖父も曾祖父も、徳川様からいただく禄を食《は》んでおりました。その大恩を忘れる訳には参りませぬ。拙者に残された道は、あくまでも徳川家の家臣としての立場を全《まっと》うするしかないのでござる。あるいは潔く腹を切るか」

切腹など仙太郎にできるのだろうかと杉代は思ったが、それは口にしなかった。江戸城では慶喜が大政奉還を上表すると、悲憤のあまり切腹した老家臣もいたという。

切羽詰まったような杉代の顔を見て、仙太郎は「まだ、腹は切りませぬ。その前にすることがござる」と、低く続けた。

「それはどのようなことですか」

「拙者、彰義隊に入るつもりでござる。これから上野の屯所《とんしょ》に入隊を願い出ます」

「彰義隊……」

杉代はその言葉を鸚鵡《おうむ》返《がえ》しに言った。

「それしか拙者の選択はないのでござる」

「前々から、そう考えていらしたのですか」

「はい……」

彰義隊は市中の警護にあたっているが、もともと一橋家の家臣が主君の生命と権威を守ることを目的に結成されたものだ。寛永寺で慶喜が恭順謹慎をしている今、隊員はさらにその決意を新たにしている様子だった。

「杉代殿、納得して下さいましたか」

黙った杉代に仙太郎は訊く。

「わたくし達、縁がなかったのでございますね。そう考えるしかないのですね」

杉代の頬を新しい涙が伝った。仙太郎は水茶屋の小女と背中を向けている客の方をちらりと見てから、そっと指で杉代の涙を拭った。

「ああ、いや。こんなことはいや！」

杉代がかぶりを振ると、仙太郎の手は膝《ひざ》に置かれた杉代の手をきつく握った。後頭部が痺《しび》れた。甘く切ない思いがしたが、それは一瞬で終わった。

「どうか了簡《りょうけん》して下さい。拙者の妻は杉代殿ただ一人と胸に秘めておりますゆえ」

仙太郎は早口に言った。それは杉代とて同じだった。仙太郎はすでに杉代の中で、ただ一人の夫だった。

「お名残り惜しいのですが、もう行かなければなりませぬ」

仙太郎は苦渋の表情で言った。

「もう、これで終わりですか」

杉代は訊《たず》ねずにはいられなかった。仙太郎はそれには応えず、そっと腰を上げた。そのまま見世の小女に茶代を払った。

それから杉代の所に戻ると「一人で帰れますかな」と訊いた。

「はい……」

ようやく答えた声が涙で掠《かす》れた。

「それではお気をつけてお戻りなされ」

じっと見つめた仙太郎の眼も赤くなっていた。慌てて縋りつこうとした杉代の手を払い、仙太郎は小走りに水茶屋を出て行った。

雨脚が強くなっていたので、仙太郎の姿はすぐに霞んで見えなくなった。

視線を下に向ければ、真新しい下駄が目についた。汚れた足袋を脱いで袂《たもと》に入れ、杉代はそっと鼻緒に足を通した。この下駄が足になじんだ頃、自分は何を考えているだろうかと思った。仄暗《ほのぐら》い水茶屋の中で、その下駄だけが目も覚めるほど輝いて見えた。

三

鳥羽・伏見の戦いで勝利した官軍は新政府軍として江戸に総攻撃をしかける様子だった。

勝安房はこれを阻止しなければならじと、高輪《たかなわ》の薩摩藩邸で官軍の参謀、西郷隆盛《さいごうたかもり》に談判を申し入れた。

慶喜の恭順謹慎以来、輪王寺宮《りんのうじのみや》、静寛院宮《せいかんいんのみや》（和宮）、御三卿《ごさんきょう》、諸大名から慶喜の助命嘆願、徳川家の存続を願う運動が続けられていた。

西郷隆盛は江戸城の明け渡し、幕府の軍艦の引き渡し、慶喜の処罰などを盛り込んだ七ヵ条の条件を勝に提示した。

勝はこの条件の改正案を提示して、何んとか西郷と合意した。これによって江戸は官軍の攻撃を避けることができた。慶喜は水戸藩お預けの後、徳川家の知行地である駿府《すんぷ》に向かうという噂もあった。すると、おおかたの家臣もまた駿府に行かなければならないことになる。杉代は江戸を離れるのがいやだった。

江戸城は、いよいよ明け渡されることになった。

それまで慶喜の代わりに江戸城を預かっていた田安慶頼《よしより》は衣冠束帯《いかんそくたい》に威儀を正し、朝廷の勅使を迎え、勅諚《ちょくじょう》の伝達が行われた。

四月六日。またしても雨天。城内では諸役の片づけが行われ、杉代の兄の極も父親の兵庫も出仕した。城内の調度品は浅草と本所御蔵に一時格納されたという。

四月十一日。晴のち雨。兵庫と極は前日の夜から上野に向かった。

その日、未明の丑《うし》の刻《こく》過ぎ、慶喜は寛永寺を出て水戸に向かうことになっていた。兵庫と極は慶喜と最後のお別れに行ったのである。

戻って来た二人はただ涙で最初は言葉もなかった。慶喜は寛永寺にこもってから髭と月代《さかやき》を伸ばすにまかせ、憔悴しきった表情だった。黒木綿の羽織に小倉《こくら》の袴という質素な身なりも哀れを誘った。名残り惜しくて千住《せんじゅ》まで見送りした家臣も多かったという。

ようやく落ち着いた二人に杉代は茶を勧めた。

極は茶を飲んでひと息つくと「杉代、仙太郎も見送りに来ていたぞ」と、言った。

杉代は、さり気なく「そうですか」と躱《かわ》すつもりが、胸が詰まって何も言えなかった。

「あいつは彰義隊に入っていた。上様を最後までお守りする覚悟をしていたのよ。あっぱれな男だ。彰義隊は揃いの隊服があるのに、あいつと四、五人の仲間だけは、いつもの普段着の恰好《かっこう》だった。隊服が足りないのかと訊いたら、揃いの恰好をするのは気恥しいとほざいた。おれは思わず笑ってしまい、他の見送りの者から不謹慎だと睨《にら》まれた」

「………」

「お前は奴が彰義隊に入ることを知っていたそうだな」

極は上目遣いで杉代を見ながら続けた。

「はい……」

「なぜ言わぬ」

「お伝えしても詮《せん》のないことと考えておりました。わたくしは縁談を断られた立場でもありますし……仙太郎様はお元気そうでしたか」

杉代はようやく顔を上げて訊いた。

「ああ。したが、上様が水戸においでになって彰義隊の役目も終わったというのに、奴等はどうも隊を解散する様子もない。これは……」

言い澱《よど》んだ極に杉代は俄《にわか》に不安を覚えた。

「兄上、はっきりおっしゃって。彰義隊はこれからどうなるのですか」

「うむ。彰義隊は勝安房様配下の警護隊だが、それは表向きのことで、実は隊に金を出しているのは覚王院という坊主なのだ。この坊主が寛永寺座主《ざす》の輪王寺宮様を擁《よう》して幕府を挽回してみせると豪語しておるのだ」

「それでは、また戦が始まるのですか」

「なるやも知れぬ。行き場を失った侍達も彰義隊に押し掛け、今や隊員の数は三千にも膨れ上がっているという。官軍は、いずれ彰義隊に解散を求めるだろう。もしも、それに従わない場合、戦は避けられん。意味のない戦だ。勝ったところで主命に背いた咎めを受けるだろうし、負ければ斬首《ざんしゅ》。どの道、命はない。だが、隊の頭《かしら》や頭並《かしらなみ》は徹底抗戦を主張しておるので、下っ端はそれに従うしかないだろう」

彰義隊の頭は備前岡山池田家の分家、池田大隅守《おおすみのかみ》という七千石取りの武家。頭並は天《あま》野《の》八郎、春日左衛門《かすがさえもん》というやはり武家の男だった。幕臣の中でも大政奉還以来、官軍恭順派と徹底抗戦の主戦派に分かれていた。

彰義隊の頭や頭並は主戦派だった。

「仙太郎様のお命はないと兄上はおっしゃいますの？」

「恐らく……」

極がそう言うと杉代の胸はきりきりと痛んだ。

「杉代、酷なことを言うようだが、もう仙太郎のことは諦めろ」

「ええ、それはわかっております。でも、仙太郎様のお命が亡くなるのなら、わたくしはせめて骨を拾って差し上げたい」

「未練な」

極は不快そうに吐き捨てた。

「兄上にどう思われようと構いませぬ。仙太郎様はわたくしの心の内では長くただ一人の夫でございました。ならば……」

「もしや、他家に輿入れせぬつもりではなかろうの」

「今は考えられませぬ。そのようなことを口にする兄上もどうかと思われます」

言った途端、頰が鳴った。杉代は頰を押さえて俯《うつむ》いた。極は不機嫌そうに足音を高くして茶の間を出て行った。

四

陰暦五月は四月が閏月《うるうづき》で二回あったため、すでに季節は夏の様相を呈していた。

江戸へ下って来た総督府の大村益次郎《ますじろう》は、すぐに彰義隊の解散を主張し、解散勧告が再三なされていた。

もはや官軍に占領された江戸で彰義隊の存在の意味はなきに等しかった。慶喜が江戸を離れた後ではなおさら。

しかし、三千名を数える彰義隊の中では慶喜を守り、市中を警護するという大義名分の代わりに官軍撃破、幕府奪回の決意が大きく育っていった。

命を惜しいと思う者は即刻、隊を去れと檄《げき》を飛ばされて、おめおめと去る者はいない。隊員は、とまどいながらも時の流れに身を任せるしかなかった。

極の言うように彰義隊は甲斐《かい》のない戦に突入しようとしていた。


五月十五日。明六つ半（午前七時頃）。

朝飯の片づけをしていた杉代の耳に重い大砲の音が響いた。

最初は空耳かとも思った。またしても外はしのつく雨だった。

「始まったか……」

兵庫は独り言のように呟いて食後の茶をぐびりと啜った。お務めもなくなった兵庫は、いずれ慶喜の後を追って駿府に行くに違いない。極は上司から新政府の勘定方の仕事に就くことを仄《ほの》めかされていた。

杉代はそれを幸いに江戸に残るつもりだった。

「急襲だ。彰義隊はろくに武器も調《とと》えてはいまい」

極は開け放した障子の外の庭へ眼を向けながら、誰にともなく言う。杉代は無言で腰を上げると仏間に入り、仏壇に灯明《とうみよう》を点《つ》け、線香を立てた。そのまま、一心に掌《て》を合わせて祈った。

母親の登勢も嫂の松江も何も言わなかった。

二人は仏間に入る時、遠慮がちに足音をひそめた。

大砲の音はまるで大川の花火のようにも思えた。だが、雨の花火など、ある訳がない。

やはり、それは戦なのだと杉代は合点する。

連続した銃声は上野の即席料理茶屋「松源《まつげん》」や鳥料理屋「雁鍋《がんなべ》」を占拠した官軍のものだ。

青ざめた顔で雨に濡れながら上野のお山を右往左往している仙太郎が杉代の脳裏に浮かんだ。

上野のお山は寛永寺の本坊を中心に寺が集まっている所である。下谷広小路を北へ向かえば不忍池《しのばずのいけ》に繋《つな》がっている堀に出る。その堀には三つの橋が架かっていた。通称三枚橋《さんまいばし》である。三枚橋を渡り、少し進むと寛永寺の黒門、御成《おなり》門、新黒門の三つの門がある。門の東側は山下と呼ばれる地域で普門院、常照院、顕性院等の寺がある。この寺の途中に車坂門、屏風《びようぶ》坂門があった。彰義隊は山内《さんない》にこもり、一番隊から十八番隊に分かれて官軍の侵入を阻《はば》むため、各門口に詰めていた。

しかし、上野のお山はすでに官軍の二万の兵によって、ぐるりと取り囲まれているという。白兵戦になれば幾らか勝機も期待できたであろうが、官軍は最新兵器のアームストロング砲を容赦もなく撃ち込んでいた。その音は小川町、いや、江戸府内のすべてに聞こえていたはずだ。

アームストロング砲は、しのつく雨にも拘《かかわ》らず、建物を破壊し、火事を起こした。外から野次馬が、上野が火の海だと叫んでいる声がしきりに聞こえた。

恐らく、大砲に撃ち込まれた時、傍にいた彰義隊員は逃げる暇もなく倒れたに違いない。

その戦は始まる前から結果がわかっていたようなものだった。だが、杉代にはそれすら理解できることではなかった。仙太郎の武運を祈るばかりだった。

大砲の音は、昼過ぎに突然、止んだ。もう、これで終わりだろうか。いやいや、一時休戦に違いない。

杉代は腰を上げ、茶の間に入った。兵庫は腕組みをして瞑目《めいもく》したまま座っていた。

「父上、大砲の音が聞こえなくなりました。どうしたのでしょうか」

「わからん。極が様子を見に行った。上野のお山には入られないだろうが、近くまで行けば、何か事情は知れるだろう」

杉代は茶の間から見える庭に眼を向けた。

雨脚は一向に衰えなかった。

八つ半（午後三時頃）を過ぎて、ようやく玄関から極の声がした。杉代は慌ててそちらに向かった。

「杉代、どうやら戦は終わったらしい」

極は蓑《みの》と笠を松江に渡しながら低い声で言った。松江は杉代と眼を合わせないようにしている。

「そ、それで、彰義隊は勝ったのでしょうか」

上ずった声で杉代は訊いた。

「まさか」

極は皮肉な調子で吐き捨てた。

「明日になったら上野に行って、仙太郎がいないか様子を見てくるつもりだ」

「お一人でいらっしゃるのは危のうございます」

「なあに。官軍も亡骸《なきがら》を引き取りに来たと言えば納得するさ」

極の言葉に杉代は一瞬、言葉を失った。極はすでに仙太郎の命はないものと考えているらしい。

「小日向のお家からも、どなたかお出ましになりますか」

杉代は平静を装って低い声で訊く。

「さて、それはわからん」

「では、仙太郎様のことは兄上の一存で？」

「ああ。お前を見ていると不憫《ふびん》でならぬ。せめて最期は義弟として葬ってやりたいと思うてな」

「ありがとう存じます」

深々と頭を下げると、涙が込み上げた。

「浅草にちょっとした鳶《とび》職の知り合いがおる。そいつに頼んで同行して貰《もら》うから案ずるな」

極は淡々と杉代に言った。

五

翌日早朝、極は身拵《みごしら》えも十分に家を出て行った。

青物売りや魚屋が台所に訪れて前日の様子を登勢に語っていた。天秤棒《てんびんぼう》を担《かつ》いで商いをする者達も、昨日はさすがに商売にならず、野次馬となって、あっちこっち走り回っていたようだ。戦は、終わってしまえばまことに呆気《あっけ》なく、翌日にはもう何事もなかったかのように、いつもの日常の風景を杉代に見せていた。雨は止んだが、空はまだ厚い雲に覆われていた。

家の外へ出て、ふと目についた小日向の家は世間を憚《はばか》っているのか雨戸を堅く閉ざしていた。

極は昼になっても戻らなかった。これはいよいよ仙太郎の亡骸を見つけたものだろうかと、杉代は悪い予感に脅えた。

夜の五つ（午後八時頃）を過ぎて、物置の戸ががたぴしと鳴ったような気がした。ほどなく、極が疲れた表情で勝手口から現れて杉代を驚かせた。何も彰義隊の様子を見て来たからと言って、こそこそ勝手口から戻ることもあるまいと思った。詰《なじ》るような目付きになった杉代に構わず、極は台所の座敷の縁に腰を下ろして草鞋《わらじ》の紐《ひも》を解いた。松江は慌てて漱《すす》ぎの水を用意した。

兵庫と登勢は極が無事に戻って、ほっとしたような顔で労をねぎらった。

「父上、上野の寺はほとんどが焼けてしまいました。だが山内は存外きれいで、思ったほどひどい状況ではありませんでした。もっとも死体などは昨夜の内に片づけたのでしょう。さっぱり目につきませんでした。それよりも三枚橋を渡ってすぐの所に濡れた畳を十四、五重ねたものが三側ありまして、奴等、こんなものを障壁としたのかと思うと笑ってしまいました。まあ、黒門近くに植わっていた樹は皆、折れ曲がり、鉄砲の弾丸の痕《あと》が夥《おびただ》しくついておりましたが」

極は松江に足を洗わせながら兵庫に言った。

「仙太郎の亡骸は見つけられなんだか」

兵庫はそれが肝腎とばかり首を乗り出して訊く。

「ですから、死体は片づけられて、ほとんど残っていなかったと申し上げましたでしょう。わたしが見た死体は、谷中《やなか》門を抜け、天王寺へ行き、それから諏訪《すわ》の坂を下りた時、橋の袂《たもと》に錦《きん》ぎれを肩につけた官軍の兵が折り重なって倒れていただけです」

「そうか……」

極の話を聞いて、杉代は安堵と不安がないまぜになったような気がした。

兵庫と登勢は極が帰宅したので安心して寝間に引き上げた。台所の座敷には極と松江と杉代が残された。杉代も兄夫婦に遠慮して自分の部屋に向かおうとしたが、極はここにいろ、と眼で合図した。

「腹が減った。松江、何か喰わせてくれ。何しろ上野も浅草も開いている店は一軒もなくて昼飯を喰いはぐれた。腹の皮が背中にくっつきそうだ」

「ただ今ご用意致します。お茶漬でよろしいでしょうか」

「何んでも構わぬ」

漱ぎの桶の始末をつけると、松江はかいがいしく流しに立った。下男も女中もすでに暇を出していたので、横田家は女達だけで台所仕事をこなしていた。お蔭で杉代は飯炊きの技が上達したと褒められている。

極は松江の後ろ姿にちらりと眼をやってから声をひそめた。杉代は怪訝《けげん》な顔で兄を見た。

「杉代……」

「物置に仙太郎がいる」

「……」

「疲れて寝ている。後で喰い物を運んでやれ。それと着替えがいる。奴は濡れ鼠《ねずみ》だ。このままだと風邪を引く」

「どうして……」

杉代は極がどうして仙太郎を連れ帰ったのかと訊いていた。

「官軍は明日あたりから市中に潜伏している彰義隊の残党狩りをするらしい。捕まればもちろん、命はない。その前に会津へ逃がすのだ」

「会津」

「生き残った彰義隊はそちらへ向かったらしい。向こうには大鳥圭介《おおとりけいすけ》という歩兵奉行をしていた男が五百名の伝習隊を率いて待機しておる。彰義隊の生き残りはそれと合流するらしい」

「仙太郎様が江戸にいてはお命が危ないのですね」

「そうだ。松江が台所にいる間におれの着替えを何か見繕ってこい。それから父上や母上には、このことは内緒にしておけ。余計な心配をする」

極は釘を刺した。

「心得ました」

「それから……」

極は懐の紙入れから小粒を五つほど取り出して杉代に持たせた。

「渡してやれ」

「ありがとう存じます。でも……義姉上《あねうえ》は勘のよい方なので気づかれてしまいます」

杉代は松江の背中をちらりと見て、おずおずと言った。

「なに、今夜、ひと晩ぐらいはおれが何んとか取り繕う」

杉代は肯《うなず》き、すばやく台所から兄夫婦の部屋に向かった。

風呂敷を拡げ、木綿の単衣《ひとえ》、細帯、襦袢《じゅばん》、下帯、紺足袋と、目についた衣類を次々とその中へ入れた。それから手早く包んで台所の座敷に通じる板の間へそっと置いた。

何事もない顔で台所へ戻ると、極は松江の給仕で茶漬を食べていた。

杉代は二人の傍にそっと座り「兄上、お怪我はありませんか」と訊いた。もちろん、仙太郎に怪我はないかとの謎である。

「まあ、少しな。だが、大事ない」

「お手当致しましょう」

松江は慌てて言う。

「いや、面倒だ。今夜は疲れておる。後のことは杉代に任せて我等はもはや床に入ろう」

極の言葉が艶《つや》っぽい響きで聞こえたのだろうか。松江は頰を染めて「それでは杉代さんに申し訳ありません。わたくしはこの家の嫁ですので、後始末をしてから休みます」と、控えめに応えた。

「いえ、構いません。兄上はお疲れですから、義姉上は肩でも揉んで差し上げて下さいませ。後片づけはわたくしが致します」

杉代は鷹揚《おうよう》に応えた。

極は茶を飲み下すと、乱暴に松江の手を取った。松江は取り繕うように「それではお言葉に甘えてお先に休ませていただきます」と言った。だが、座敷から一歩出たところで、風呂敷包みに気づいたらしい。

「あら、これは何んでしょう」

「松江！」

極は焦《じ》れたように妻の名を呼び、そこでしばらく言葉が途切れた。極は松江を抱き締め、唇を吸った様子である。杉代はそれを感じると、そっと両手を頰に押し当てた。松江の気を逸《そ》らすための行為に違いないが、初めて兄夫婦の生々しい面に触れたようで杉代は落ち着かなかった。

襖が細かく音を立てた。極はもっと大胆な行動に出たらしい。松江の制する声が切れ切れに聞こえた。

兄夫婦には、まだ子はなかった。それが兵庫と登勢の悩みの種だった。もしも杉代にたくさん子が生まれたら、一人養子にくれと極は冗談混じりに言っていたものだ。

杉代は箱膳を下げると水音を高くして食器を洗った。それから戸棚から皿小鉢、丼、汁椀を取り出して箱膳に並べ、そこへお浸しや香の物、目刺しの焼きざまし等、残り物のお菜を盛りつけ、茶だけは熱いものを用意した。

極と松江は寝間へ引き上げたらしい。二人の気配がようやくなくなった。杉代は先に風呂敷包みと膏薬《こうやく》を持って勝手口から外へ出ると物置の前に置いた。物置の中からは何んの物音もしなかった。

台所に戻り箱膳を運ぼうとして、ふと思いついて手拭いを水で濡らし、堅く絞って膳の端に添えた。さぞ、顔も手足も汚れていることだろうと思った。

六

「仙太郎様、杉代です。開けて下さい」

ひそめた声で呼び掛けると、ひと呼吸置いて戸が開き、「声が高い」と叱られた。

中に入って戸を閉めようとした仙太郎に、

「待って。まだお運びする物がございます」と、言い添えた。

「何んだ」

「お着替えとお薬です」

「官軍は傍におらぬな。しかと間違いないな」

鋭い目で杉代を睨んだ。杉代は疑われたことに傷ついたが、黙って肯くと、床に膳を置き、急いで外の風呂敷包みと膏薬を手にした。

物置の中は湿った汗の匂いがした。古い行灯が仙太郎の疲れた顔を青黒く浮かび上がらせていた。杉代が声を掛けるまで眠っていたらしい。すぐに目覚めたのは、まだ気持ちが昂《たかぶ》っていたせいだろう。そんな仙太郎が気の毒に思えた。

仙太郎は杉代が用意した食事を貪《むさぼ》った。よほど空腹だったらしい。丼に飯を山盛りにしたのに、まだ足りないようだった。

「もう少し、召し上がります？」

そう訊くと、こくりと肯いた。杉代は足音を忍ばせて台所に戻った。飯をこそげるようにして丼に盛ると、お櫃《ひつ》は空になった。

二杯目も仙太郎は勢いよく平らげた。茶を飲み下し、ようやくひと息つくと「雑作《ぞうさ》を掛けた」と礼を言った。

「兄上とどこでお逢いしたのですか」

「村尾の家の庭です」

「まあ……」

「上野の山からようやくの思いで逃げ、取りあえず、着替えをせねばと家に戻ったのです。ところが村尾の両親は家に入れてくれませんでした。衣服は血糊《ちのり》もついていたので、そんな恰好で通りを歩いたら、たちまち官軍に見つかってしまいます。何度もお頼みしましたが聞き入れては貰えませんでした。もはや、拙者の命もこれまでと覚悟を決め、村尾の家の庭で腹をかっさばいてやるかと意地になった時、横田の兄者が偶然に通り掛かったのでござる。拙者、嬉しさのあまり、兄者の胸に縋っておいおいと泣きました。兄者は、おぬしはおれの代わりに戦をしてくれたと、却って拙者に頭を下げられました」

戦の興奮のせいだろうか。仙太郎は妙に饒舌《じょうぜつ》だった。杉代は黙って話を聞いた。

「そのまま、夜になるのを待ち、ここまでやって来たのでござる。このことが官軍の耳に入れば兄者もただでは済みませぬ。拙者は夜明け前にここを出て行きまする」

「会津へ？」

「さようでござる」

「会津への道はご存じですか」

そう訊くと仙太郎は低い声で笑った。

馬鹿なことを言ったと杉代は後悔した。

膳の上の手拭いを取り上げ「お顔をお拭きなされませ。それからお召し替えを」と、ごまかした。

「かたじけない」

仙太郎はこくりと頭を下げると、濡れた着物を脱ぎ始めた。下帯一つになると、襦袢ごと着物を羽織り、そのまま杉代に背を向けた。

着物にも袴にも、いや濡れ雑巾《ぞうきん》のような下帯にも血の飛沫《ひまつ》がついていた。

「彰義隊は大勢の方が亡くなったのですか」

「うむ。正確なところはわからぬが、恐らく二百人以上は死んだだろう。それも十代の若者が大半でした。敵の弾丸を受け、死に切れずにいた者に拙者は介錯《かいしゃく》を致しました。道場の師匠に介錯のやり方を伝授されたはずでしたが、実際にやるとなると勝手が違うものでした。ひと太刀どころか三太刀にもなり、ずい分、苦しませてしまいました。だが慣れとは恐ろしい。二度も三度も介錯が続く内、ひと太刀で収まるようになりました」

仙太郎はむごい話をあっさりと語る。普段は穏やかで虫も殺せぬ男を介錯の手練《てだ》れにするのも戦かと杉代は思う。

「会津でも戦になるのですか」

着替えを済ませた仙太郎に杉代は傷の手当をしながら訊く。深いものではなかったが、刀傷が無数にあった。膏薬がしみて、仙太郎は短い悲鳴を洩らした。

「恐らく。その後は北上することになるやも知れぬ」

「北上とは？」

「蝦夷地でござる」

「蝦夷地」

杉代は仙太郎の言葉を鸚鵡返しにした。そこは遠い遠いさいはての地であった。杉代は極から渡された小粒を思い出して、そっと差し出した。仙太郎は、こくりと頭を下げて袖に落とした。

「なぜ、その土地へ向かわなければならないのでしょうか」

「うむ。上様は将軍から一大名となった。徳川家の存続を官軍に認めさせたのは勝安房様の手柄だが、いかんせん、石高が足りぬ。徳川家の跡を継がれる田安亀之助《かめのすけ》（家達《いえさと》）様はわずか七十万石しか賜《たまわ》らなかった。その石高では幕臣のすべてを養えぬ。駿府も家臣であふれて住まいもままならぬ。それで、幕臣の中から蝦夷地を新天地に求める案が出てきた。戦はそのためのものでござる」

これから何度も戦があるとしたら、仙太郎の命の保証はないと思った。仙太郎が生きていたという喜びも、つかの間かと思う。

「もしも首尾よく行った場合、杉代殿、蝦夷地に来ていただけますか」

だが、仙太郎は思わぬ言葉を喋った。

「蝦夷地で新しい暮らしをする気持ちはござらぬか」

仙太郎は昂った声で続けた。逡巡《しゅんじゅん》するものはあったが、杉代は「はい」という言葉がするりと出た。

「よかった。それを聞いて拙者、心から安堵致しました。杉代殿のために、きっと生き抜いてみせます」

そう言い切った仙太郎はためらうことなく杉代の肩を引き寄せた。一瞬、目まいを覚えた。仙太郎の胸から血の匂いとともに青臭いものが立ち昇った。杉代はその胸に片頰を押し当てて眼を閉じた。

「蝦夷地では、柄杓星《ひしやくぼし》がよく見えるそうです」

仙太郎は静かな声で話を続けた。

「柄杓星？」

杉代は掠れた声で訊いた。あまり聞いたこともない星である。

「七つの星が柄杓の形をしていることからその名があります。柄杓の先の星は、常に子《ね》の星（北極星）を指していて、子の星は微塵も動かない星です。道に迷った時、子の星を探せば北の方角が知れるのです」

「不思議ですね」

杉代の脳裏に水瓶《みずがめ》の傍にある柄杓が浮かんだ。それはいささか滑稽な感じがした。空にぽんと柄杓である。だが、仙太郎は柄杓星に魅了されている様子だった。外に出て教えて貰いたかったが、あいにく、まだ夜空は曇っている。

「中国では柄杓の柄の先に当たる星を瑤光《ようこう》と呼んでいるそうです。まさしく柄杓星は我等の瑤光ともなるでしょう」

切羽詰まった状況にも拘らず、仙太郎の話を聞いている内、杉代の心の不安は払拭《ふっしょく》されていくようだった。杉代は柄杓星の加護を信じたいと思った。

「蝦夷地までは遠い道程《みちのり》ですね」

「はい。百八十里余りもあります。しかし、途中から軍艦に乗るかも知れません。官軍に引き渡していない軍艦がありますので」

「軍艦とは楽しみですね」

言った途端、仙太郎が笑った。

「杉代殿、拙者は遊びに行く訳ではないのですぞ」

「申し訳ありません。迂闊《うかつ》なことを申しました」

考えなしの言葉が時々、杉代の口から洩れる。極や両親にそれを窘《たしな》められることは多かった。

「しかし、そう言われてみると、そんな気がしないでもありません。戦でもなければ小納戸役の拙者など、軍艦に乗る機会などないでしょうから」

「軍艦の上からも柄杓星が見えるでしょうね」

「はい、もちろん」

「わたくしも柄杓星を探してみます」

「そうですね。拙者も杉代殿と同じ星を眺めることで心が慰められましょう」

「きっとですよ、きっと」

杉代は念を押した。

ずい分長いこと仙太郎と話をしたつもりだが、杉代はまだまだ足りないような気がした。

羽目板の隙間から微かに灰白い光が射したのに気づくと、仙太郎は落ち着きなく瞬《まばた》きを繰り返した。別れの時間だった。

「それでは……」

仙太郎は杉代の眼をつかの間、じっと見つめた。

「お気をつけて」

「兄者によろしくお伝え下さい」

微笑《ほほえ》んだ仙太郎の顔が歪《ゆが》んだ。たまらず杉代を抱き締め、乱暴に唇を吸った。唇を離してから、また杉代の眼を深々と覗《のぞ》き込んだが、やがて仙太郎の手は物置の戸に掛かった。

戸を開けると、湿った朝の冷気が流れ込んだ。仙太郎はあたりの様子を窺うと「では、ごめん」と早口に言い、勢いよく外に飛び出して行った。後ろは振り返らなかった。たっ、たっ、たっと足音が杉代の耳に余韻として残った。吸われた唇も痺《しび》れたままだった。

「行ったか?」

雨戸が開いて、極が顔を出した。

「ええ」

杉代は低く応えた。

「夫婦《めおと》になったのか」

臆面もなく訊いた極を杉代は睨んだ。極はふっと笑った。

「行き先はやはり会津か」

話題を変えるように続ける。

「ええ。でもその後で蝦夷地へ向かうかも知れないとおっしゃっておられました」

何か思い当たることでもあったのだろうか。極はまだらに伸びた顎髭《あごひげ》を撫でて空を仰いだ。昨日よりはるかに明るい光が射している。この様子では今日こそ晴れるだろう。

「仙太郎様のお着替えしたものはいかがしたらよろしいでしょうか」

「風呂の竈《かまど》にくべろ」

極はにべもなく言って顔を引っ込めた。これからまた朝寝を貪るのかも知れない。

杉代は物置に戻り後片づけをした。仙太郎の着物や袴は濡れたまま物置の隅にあった。このままでは火を点《つ》けても燃えないだろう。

杉代は井戸の前に洗濯盥《だらい》を出して水を張り、その中に濡れた着物を浸《つ》けた。血のしみに熱い湯は禁物である。却って汚れは落ちない。初潮を迎えた時、登勢に教えられたことだった。振り洗いすると、盥の水は深紅に染まった。おぞましさに杉代の胸は震えた。

だが唇を嚙《か》み締めて杉代は洗濯を続けた。

ふと勝手口を振り向くと、松江がこちらを見つめていた。杉代は奥歯を嚙み締めた。

松江には何も言われたくなかったし、何も応えたくなかった。

「蝦夷地か……」

七

海軍副総裁、榎本武揚《えのもとたけあき》は徳川家の処遇問題が解決しない内は行動は自重していたものと思われる。彼もまた彰義隊の頭と同じで主戦派だった。徳川家達が駿河府中に七十万石で封じられると、武揚は旧幕府のために蝦夷地の下賜を新政府に願い出た。

しかし、それは聞き入れられなかった。

江戸は諸藩が国詰めとなったので空き屋敷が目立ち、急激にさびれた。家達に続いて駿府に移住する者も続いた。

新政府は治安の維持のために江戸鎮台（軍隊）を置き、町奉行所を市政裁判所に、寺社奉行所を寺社裁判所に、勘定奉行所を民政裁判所とした。極は今後、民政裁判所の職員として務めることになった。

兵庫も駿府に向かうつもりではあったが、すでに六千世帯もが移住の届けを出していたので思い留まり、極に家督を譲って隠居した。維新前と変わらぬ暮らしが横田家では続けられた。

七月。江戸は東京と名称が変わった。新政府は旧幕府の匂いを払拭しようと必死だった。

何も彼《か》もを新しくしなければ気がすまないと言うように。

八月十九日。榎本武揚は旧幕府の軍艦、開陽、回天、蟠龍《ばんりゅう》、千代田形、長鯨《ちょうげい》、神速、美賀保《みかほ》、咸臨《かんりん》の八隻を率いて品川沖から脱出した。五稜郭戦争の実質的な始まりだった。だが、江戸にいる人々にとっては対岸の火事のようなもので危機感は微塵も見られなかった。杉代はそれが歯がゆくてならなかった。年号は九月八日に改元され、明治となった。

築地には西洋風の旅籠《はたご》が建設されている。旅籠ではなく、エゲレス語でホテルと呼ぶのだそうだ。また外国人の居留地も設置された。

紅毛碧眼《こうもうへきがん》の異人達を当り前のように見掛ける。杉代は買い物に出て異人達とすれ違った後で、かつて攘夷という言葉があったことを思い出した。何んと空疎な言葉になり果てたことか。攘夷、攘夷と躍起になっていた武士達が今では滑稽にすら感じられる。

多分、世の中が変わる時というのは、こうした試行錯誤を重ねるものなのだろう。

仙太郎からの連絡は途絶えたままだった。養家の村尾家も、実家の小日向家も駿府へ移住した。

杉代は毎日陰膳を据《す》えて仙太郎の無事を祈った。

新政府軍が勝利の狼煙《のろし》を上げたのは、明治二年（一八六九）五月の声を聞いてからだった。仙太郎と別れて一年が経っていた。

榎本等、旧幕府軍の上層部は入牢《じゅろう》となったが、下級の者にはさして咎めはないようだった。東京へ戻る者、駿府へ向かった者、そして蝦夷地へ留まった者と様々だった。

しかし、仙太郎は杉代の許へ二度と姿を見せることはなかった。箱館の五稜郭で戦ったという者の噂を聞けば訪ねて行って仙太郎のことを訊いた。

覚えていない者がおおかただった。だが、一人だけ、通詞《つうじ》（通訳）をしていた田島応《まさ》親《ちか》という若い男が仙太郎を覚えていた。

箱館の隊にいたという。会津では死ななかったのだ。榎本武揚が降伏した後の行方は知らないと言った。生きているのか死んだのか、それさえ定かではなかった。

杉代はずっと待っていたかった。しかし、二十歳を迎えた春に、とうとう仙太郎を諦め、兵庫の勧めで銀行に務める鈴木幾之丞《いくのじょう》の許へ嫁いだ。幾之丞は維新前、幕府の小姓組に属していた男だった。

三十五歳の幾之丞は妻を亡くしてやもめでいた。極はずい分反対したが、杉代が承知すると何も言わなくなった。

嫁ぐ前日、杉代は仙太郎の着物を風呂敷に包んで物置に運んだ。それまで、自分の部屋にそっと隠していたのだ。

物置に入ると、仙太郎と過ごした夜のことが思い出された。古い行灯は、あの時のまま物置の片隅に置かれていた。

仙太郎は柄杓星になったのだ。杉代はそう思った。北を指すその星は仙太郎の意志にも思えた。

きっと仙太郎は柄杓星を見つめて自分のことを思ったはずだ。凍てつく土地で自分のことが僅かな慰めになったのなら嬉しい。あの夜のことが今では幻のように思われた。

明治五年(一八七二)、新橋・横浜間に鉄道が開通した。

杉代の感傷をよそに、東京は西洋文明を取り入れて変貌する一方だった。その勢いは恐ろしいほど速く、そして巨大だった。

血脈桜《けちみやくざくら》

一

陰暦七月の十五日から二十日まで、松前城下の制札場《せいさつば》や火除地《ひよけち》、及部川《およべがわ》の河原、各町内の広場には櫓《やぐら》が組まれ、盆踊りが行なわれるのが毎年の恒例だった。

しかし、前年の慶応二年（一八六六）は、松前藩十三代藩主の松前伊豆守崇広《いずのかみたかひろ》が三十八歳の若さで亡くなるという不幸があり、家臣はもちろん、城下の人々も喪《も》に服する意味で派手な行事は控えた。

崇広は開明的な男であった。幕府が攘夷の決行をするかいなかで迷い、諸侯に意見を求めた時、逡巡する大名がおおかただった中、日本の稚拙《ちせつ》な兵力で異国船を追い払うという行為は極めて危険である。まずは開港して異国の動向を探り、兵力を蓄えてから攘夷を決行すべきだと述べた。

時の将軍、徳川家茂《いえもち》は崇広の意見を重く見ると、崇広を幕府老中格に抜擢《ばってき》し、海陸軍総奉行を命じた。それは、たかだか三万石程度の外様《とざま》大名としては異例の登用だったという。

しかし、その頃は尊王論が台頭し、長州征伐も行き詰まるなど、幕府の屋台骨がぐらついていた時期でもあった。開明派の崇広にも何かと風当たりの強いことが多かった。特に、将軍後見職の徳川慶喜、京都守護職の松平容保《かたもり》（会津藩）、その弟である京都所司代の松平定敬《さだあき》（桑名藩）とは意見が合わず、対立することがしばしばだった。

そして、兵庫（神戸）開港上の不手際から崇広は慶喜等《ら》に責任を追及され、国許《くにもと》謹慎の沙汰を受けた。崇広は意気消沈して慶応二年の一月に松前に戻って来たが、心労から病を得て、呆気なくこの世を去ってしまった。

崇広の養嗣子《ようしし》徳広《のりひろ》が十四代の藩主に就くことが決定したのは、その年の六月のことだった。それまで崇広の死は謹慎中のこともあって公表されなかった。徳広は十二代藩主松前昌広《まさひろ》の長男で、二十三歳の若さだった。しかし、何分にも病身であるゆえ、松前藩の今後が大いに危ぶまれた。藩の重臣、蠣崎将監《かきざきしょうげん》、松前勘解由《かげゆ》、新井多《あらいた》玄蕃《げんば》、関佐守《せきさもり》らは崇広の長男である敦千代《あっちよ》を後継者にしようと画策していたが、下級の家臣達は徳広の藩主存続を強く望んでいた。そのために、藩には不穏な空気が流れていた。

だが、藩内の事情は、城下の人々には知る由もなかった。慶応三年の七月を迎え、前年の分まで大いに盆踊りに興じようと張り切っている者ばかりだった。

その盆踊りがまさに行なわれていたある日の夕刻、六人の娘達は松前藩執政《しっせい》（首席家老）蠣崎将監広伴《ひろとも》の呼び出しを受け、西館《にしだて》の蠣崎邸を訪れていた。

笛や太鼓の音が西館の蠣崎邸にも響いていた。だが、庭に敷かれた筵《むしろ》に正座している六人の娘達は緊張した表情で将監が現れるのを待っていた。

西館は松前城の裏手の山側に位置する。付近は丘陵地帯で、蠣崎邸も、だらだらとした坂を上った所にあった。

本来なら家臣の屋敷は城の周辺に建てられているものだが、米の穫《と》れない無高《むだか》の松前藩は漁業の収益と蝦夷（アイヌ民族）との交易で財政を維持していた。それ等を金に換《ま》える廻船問屋の出店《でだな》（支店）が城の周辺に軒《のき》を連ね、家臣の住まいは西館や海岸部の馬形《がど》などに追いやられる形となっていた。廻船問屋は近江《おうみ》商人が中心となっていて、彼らは松前の産物を北前船《きたまえぶね》で上方に運んだ。上方からは味噌《みそ》、醬油、鍋釜、木綿反物などの生活物資が松前に運ばれ、日本最北の藩は江戸よりも上方の影響を強く感じさせる土地だった。

蠣崎邸の庭から海の方角へ目を向ければ、薄闇の中に、祭り提灯の仄灯りが揺れているのがわかった。その楽しい夜に何用あって呼び出されたのかと、娘達は訝《いぶか》ってもいた。

六人は皆、松前藩の足軽分の娘達で、年も十五歳から十八歳までと同じような年頃である。足軽分の娘といっても、父親や祖父は、もともと漁師や百姓であり、家が足軽分に取り立てられてから、そう年月も経《た》っていなかった。藩の家臣の娘達とは言葉遣いも仕種もおのずと違っていた。

六人は幼い頃から何をするにも一緒に行動することが多かった。春の山菜採りも、浜に出て漁の手伝いをする時も、もちろん祭りに繰り出す時も一緒だった。野山や浜辺を走り回って育ったので、娘達の体格は並の娘達よりはるかによかった。天真爛漫《らんまん》な六人の娘達は城下でも何かと評判になっていたようだ。

当面、彼女達の悩みは、これ以上、背丈が伸びずにいてほしいということだった。亭主より背丈が高くては縁談に差し支《つか》えるからだ。

「ご家老はいったい、おいい達に何んの用事があるんだろな。早く済まして貰《もら》わねば、盆踊りが終わってしまう」

踊り好きのみるいが小声で不平を洩《も》らした。口が大きく、おまけに歯が少し前に出ているので、普段はなるべく口を閉じているように気を遣っている。だが、みるは六人の中で一番の笑い上戸である。大口を開けて笑う時は大人の拳《こぶし》でも入りそうだった。

「みる、盆踊りは明日もあるから、今夜は諦《あきら》めれ」

十八歳のうめいが諭《さと》した。家老の呼び出しとあらば是非もないと、うめは考えている。

うめは一番年長のせいもあって、娘達のまとめ役だった。意地の強さは、このうめが一番で、それは表情にも出ている。うめを嫁にしたら、必ず亭主は尻に敷かれると男達は噂《うわさ》していた。

だが、働き者で世の中の理屈を心得ているうめを嫁に迎えたいと考える家は多かった。

うめは両親と、どこの家の息子と祝言を挙げるか思案中でもあった。うめの眼には誰もが軟弱に見えた。見合いをしても心が弾《はず》まなかった。それよりも仲間の娘達と一緒にいる方が、よほど楽しかった。

耳を澄ませば「御国音頭《おくにおんど》」の軽快な調子が遠くから聞こえる。

「いずれこれより、御免蒙《ごめんこうむ》り、音頭の無駄を言う……」

みるは盆踊りの節《ふし》を低く唱えた。

「いやさかサッサ、さのヨイヨイ、サノサ」

みるの後ろに座っていたとみが合いの手を入れた。松前の盆踊りは秋田の能代《のしろ》地方の流れを汲む。調子と合いの手が能代のものとは若干違うようだ。

「あたり障《さわ》りも、あろうけれども、さっさと出しかける」

みるは続ける。

「来たかサッサ、さのヨイヨイ、サノサ」

調子づいたみるととみに、他の娘達がくすくすと忍び笑いを洩らした。

「静かにしろ！」

傍《そば》にいた蠣崎家の中間《ちゅうげん》が厳しい声で制した。

盆踊りの夜に、何もそのような甲走《かんばし》った声を上げなくてもよいのにと娘達は内心で思ったが、慌てて首を竦《すく》めた。

「ややあ、待たせたな」

小半刻《こはんどき》(約三十分)後、ようやく蠣崎将監が縁側に姿を現した。六十をとうに過ぎている将監は頭髪がすっかり白い。十代藩主松前章広《あきひろ》の近習から出発して、様々な藩の苦境を乗り越えて来た男だった。六尺近い長身である。年齢のせいで身体の肉がやや落ちているが、その年にしては、まだまだ矍鑠《かくしゃく》としていた。娘達は一斉に頭を下げた。

「面《おもて》を上げよ。祭りの夜だというのに、わざわざ呼び出して悪かったの。おお、今夜はめかし込んで、誰しも、いつもより女ぶりが上がって見えるぞ」

将監は着流しの恰好《かっこう》で胡座《あぐら》をかくと、娘達に軽口を叩いた。照れたような笑い声が洩れた。将監の後ろに控えていた若党が、そっと書き付けを差し出した。将監はそれを眺め、「山中房五郎《ふさごろう》の娘、うめ」と読み上げた。

うめは「はい」と応《こた》えて頭を下げた。

「そちが一番年上だの。どうじゃ、そろそろ祝言の話もあろう」

「まだ、はっきりとは決まっておりません」

うめは気後れした顔で応えた。将監は、早く祝言を挙げて子を生《な》せ、というつもりで自分達を呼んだのだろうかとも内心で考えていた。だが将監は温顔をほころばせただけだった。

「うむ。松本善兵衛《ぜんべえ》の娘、さき」

「はい」

「そなたは十七じゃな」

将監は確かめるように訊いて、さきの顔をまじまじと見た。

「さようでございます」

「うめより年上に見える。体格のせいかの」

さきは娘達の中で一番背丈があった。五尺五寸はある。だが、娘達は誰しも五尺を超える者ばかりだ。

「何を喰《く》うて、そのように伸びた」

将監は興味深げに訊いた。

「煮干《にぼ》し」

さきが消え入りそうな声で応えると、娘達から失笑が起きた。将監も愉快そうに声を上げて笑った。

「佐藤蝦吉《えびきち》の娘、みる」

「はい」

「踊りが大層うまいと評判であるぞ」

「はい。踊りは好きです。一晩中でも踊っていられます」

「なるほど。足も速いそうだな」

「はい。飛脚にも負けません」

　みるは得意そうに応えた。将監は満足そうに肯《うなず》いた。

「工藤茂助《もすけ》の娘、とみ」

「はい」

「そちは腕っぷしが強いそうだな」

「…………」

　とみは恥ずかしがりなので、うまく応えられない。うめが助け舟を出すように、「腕相撲では並の男に負けません」と言った。

「ほう、それは大したもの。大場宇助《うすけ》の娘、さな」

「はい」

「さなは十五で一番、年下だな」

「はい」

「平山琴次《ことじ》の娘、よね」

「はい」

　よねは二、三度、瞬きした。緊張した時に出る、よねの癖だった。

「琴次の話では、子供の頃、剣術の道場に通いたいと言うて琴次を困らせたことがあったそうだな」

「はい。しかし、わたしはおなごでしたので道場へ通うことはできませんでした。代わりに兄がお世話になっている普請奉行所の犬上菊四郎《いぬがみきくしろう》様から時々、稽古をつけていただきました」

　よねはにこりともせずに応え、瞬きした。

「その後、どうじゃ、腕を上げたか」

「さあ……」

　よねは照れて言葉を濁《にご》す。

「ご家老様、よねはいっぱしの剣士でございます。犬上様のご指南のお蔭でございます」

　うめはよねを持ち上げるように言った。

「うむ。犬上に指南されるとは、よねは果報者だ。奴は藩で一、二を争う剣士だからの」

「ご家老様、犬上様はよねに、ご自分から一本取ったら嫁にすると約束したそうでございます」

　みるは横から口を挟《はさ》んだ。余計なことは言うなと、よねはみるを睨んだ。

「ほう、それは初耳だ。犬上は二十六で、まだ独り身だ。よねは足軽といえども士分の娘。祝言するのに不足はあるまい。わしもそれとなく心に掛けておくぞ」

将監がそう言うと、よねは黙って頭を下げた。嬉しいのか嬉しくないのか、よねの表情からは察することができない。よねは感情を表に出さない娘だった。よねと、みる、さき、とみの四人は、ともに十七歳だった。

娘達の確認が終わると、将監は心持ち姿勢を正した。それにつられるように娘達も背筋を伸ばした。

「さて、お前達をここへ呼んだのは外《ほか》でもない。わしの力になって貰いたいからだ」

将監がそう言うと、娘達は顔を見合わせた。

「いや、わしというより、奥方様の力になってほしいのだ」

将監の言う奥方様とは藩主松前徳広の正室光子の事だった。光子は信濃国岩村田藩《しなののくにいわむらだ》藩主、内藤正縄《まさつな》の娘だった。最初は寿子《としこ》という名であったが、徳広と祝言を挙げてから光子と改名している。まだ十九で、六人の娘達とさほど年の違いはなかった。徳広との間に嗣子勝千代《かっちよ》（後の松前修広《ながひろ》）がいた。

「ご家老様、したが奥方様は江戸のお屋敷におりなさるから、わたし等は力になると言っても、それは……」

できない相談ではないかと、うめは言いたかった。もしや、江戸に行けと命じられるのではないかとうめは恐れた。両親や兄妹のいる松前を離れたくなかった。

「いかにも、奥方様は江戸にいらっしゃる。したが、いずれ松前においでになるだろう。

奥方様のお傍には、世話をする侍女はおるが、松前に来てから役に立つかどうか心許ない。それでお前達に護衛を頼もうと思うたのよ」

この時、蠣崎将監はその年の秋に起きる大政奉還、王政復古を予見した訳ではなかった。

病身の徳広は、そう長くは藩政を執《と》ることができないだろうと考えていた。徳広が隠居したあかつきには光子も松前に戻るだろう。

だが、藩の不平分子達は徳広の藩主の存続を要求してやまない。藩主交代の折には藩内に騒動が起こらないとも限らなかった。光子が松前に来た時、周辺の警護が手薄になることを恐れ、将監は城下の娘達から腕力のありそうなのを集めて光子の傍に置くことを考えた。

それが六人の娘達になったのだ。普段の日に呼び出しては人の目に立つので、将監は、あえて盆踊りの最中に娘達を召集したらしい。

「奥方様をお守りするとおっしゃられても、わたし等は他の娘達より少し体格がいいぐらいで、お侍がだんびら振りかざして向かって来たら、とても勝ち目はございません」

うめは将監にそう言った。うめには将監の申し出がどうも納得できなかった。自分達に何ができるのかという気がした。

「だから、その方《ほう》等には稽古をして貰う。剣術、柔、居合。とにかく腕っぷしを強くしろ」

「わたし等は普段、家の手伝いがあります。昆布干しや、しめ粕《かす》造りにも駆り出されます。とても稽古の時間は取れません」

うめは低い声で反論した。足軽分の娘といっても、藩からいただく禄だけでは暮らしが立ちゆかない。娘達は漁の手伝いをしたり、しめ粕と呼ばれる魚の肥料作りに駆り出されることが多かった。

「うめ、これは藩命であるのだぞ。藩命というからには只では使わぬ。ちゃんと給金を出す」

将監はうめを諭すように応えた。

「幾らだべ、ご家老様」

みるはすかさず訊いた。

「そうよのう、月に二分でどうだ」

「六人で二分でございますか」

みるは確かめるように続けた。

「一人二分だ」

歓声が沸いた。二分は一両の半分の値だ。

年に換算すれば六両である。女中奉公が年に一両二分かそこらの相場だったので、将監の提示した金額は破格のものだった。

「その方等の稽古は犬上と準寄合（次席家老）組の平野《ひらの》刑部《ぎょうぶ》に任せることにする。よいな。一同、よくよく励め」

将監はそう言って六人の娘達に檄《げき》を飛ばした。

二

「何んだか、訳がわがんねェな」

西館からの帰り道、うめは独り言のように呟《つぶや》いた。

「姉《あね》さ、戦でもあるんだべが」

みるが不安そうに訊いた。真顔になっていた。みるがそんな表情になったので、うめの不安は募《つの》った。

「殿様は按配《あんべ》ェ悪いんで、ご政道を長く続けられねェだろうと犬上様はおっしゃっていたぞ」

よねは無表情に言う。

「按配ェ悪いって、どごが悪いんだ？」

十五歳のさなは心配そうに訊いた。身体は大きくても表情は幼い。さなは徳広贔屓《びいき》だった。一度、大松前川《おおまつまえがわ》の河川敷に設けた舞台で子供狂言を見物する徳広を見てから、すっかり心を奪われてしまったらしい。色白の徳広は武者人形のようだと持ち上げる。

「労咳と、それに……」

よねは言い難そうに口ごもった。

「よね、はっきり喋《しゃべ》れ」

さなは続きを急《せ》かした。

「そのう……がっちゃき（痔瘻《じろう》）が悪いらしい」

よねがおずおずと応えると、みるはぷッと噴き出した。さなは、そんなみるを睨《にら》んだ。

「みる、笑うことではねェ」

「したって、あのお殿様ががっちゃきが悪いなんざ、考えられねェ」

みるは大口を開けて笑い転げた。

「さなの言う通り、笑い事でねェぞ、みる。藩の役人に聞こえてみろ、手討《てう》ちものだ。ものの言い方に気をつけれ。お殿様はの、糞《くそ》をひり出す度に切ねェ思いをしなさっているんだ。いっそ、気の毒だじゃ」

うめはため息の混じった声で言った。徳広贔屓のさなは、その拍子に涙ぐんだ。

「な、何も泣くことはねェだろうに。全く……」

みるはいまいましそうに舌打ちした。

「さな、祭りの夜だ。もう泣くな」

うめは慰めるように声を掛けた。

「したども、殿様はきれえなお顔をしていなさるから、おいは糞をすることも、まして、がっちゃきが悪いことも考えられねェ」

さなは徳広に対するあこがれに水を差されて意気消沈していた。

「さな、殿様だって同じ人間だ。糞もすれば、がっちゃきが悪くなることもあるんだ。お前ェ、十五にもなって、そだらなこともわからねェのか」

みるは呆れた顔で言う。

「松前のお殿様は、どういう訳か身体の達者でねェお人ばかりだ。生まれてもすぐさま亡くなってしまう方が多かったと、おいの祖母《ばば》は喋っていたな」

うめは足許を気にしながら言った。蠣崎将監の屋敷から海岸へ向かう道は下り坂になる。

空は、まだ薄ぼんやりとした光が感じられるが、もう小半刻もしたら、すっぽり闇《やみ》に包まれることだろう。そこから見える盆踊りの櫓を彩る祭り提灯の灯は、先刻より鮮明になっていた。

「なしてご家老様は、よりによって、おい達に声ば掛けたんだべな。他にも娘達はいっぱいいるというのに」

うめは腑に落ちない気持ちで続けた。

「それはおい達の体格がいいし、仲がよかったからだべ」

みるは応える。

「したども、おい達に何ができる訳でもねェ。所詮《しょせん》、おなごだ。よね、犬上様は何がそれらしいごとを喋っていながったが？」

うめは一番後ろを歩いているよねを振り返った。

「はっきりしたごとはおっしゃっていながったが、おいに稽古ばつけてくれる時、そんなことで薩摩長州の奴等を追い払えるかと怒鳴ることがあった。おいは内心で、薩摩長州の侍が、この松前に来る訳がねェと思っていたが、犬上様は何が別の考えば持っていなさる様子でもあったぞ」

よねは思い出したようにぽつぽつと語った。

この時、松前藩は、まだ佐幕を掲げる藩だった。薩摩長州は倒幕の方向に進んでいたので、犬上は敵を薩摩長州と想定して、よねにそんなことを言ったのかも知れない。

しかし、うめには、もちろん、詳しいことはわからなかった。

「十何年か前、ペルリという異国人が黒船で箱館にやって来たごとがあったべ？　おい達がまだ餓鬼の頃のことだ」

みるは、ふと思い出したように口を開いた。

「お前ェは、今でも餓鬼だ」

さきはからかうように言った。

「黙ってれ、この大女！」

みるは悪態をついた。

「やめれ、二人とも」

うめは厳しい声で制し、「みる、話ば続けれ」と、促した。

「うん。その時、ご家老様の息子の松前勘解由《かげゆ》様が応接使として箱館においでなすって、ペルリを追い返したそうだが、それから間もなく箱館は異国船が入って来てもいいことになったそうだ。おいは、何んでペルリを追い返したのに異国船はまた来るようになったんだべと腑に落ちなかったもんだが、どうやら江戸のお偉いさん達は異国人の船と大砲ば見て肝を潰し、渋々、港を開いたんだと思っている」

「んだな。先代のお殿様も無闇に異国船を追い払うのも能のない話だと考えていたらしい。犬上様がおっしゃっていたぞ」

よねは大きく肯いて言った。

「したども、これからどうなるのか油断できねェ。呑気《のんき》に盆踊りをしていていいのかって思うぞ」

よねは瞬きして、そう続けた。

「盆踊りは盆踊りだべ。戦の稽古ばかりするのも、それこそ能がねェ。姉さ、おい、先に行くから」

みるは待ち切れない様子で駆け足になり、櫓の方向へ去って行った。

「相変わらずだな、みるは」

さきは苦笑混じりに言った。

「盆踊りをしていられるのも今ぐらいのもんだろう。奥方様が松前にいらっしゃれば、傍を離れられねェ。さき、大目に見てやれ」

うめがそう言うと、さきは心細い顔になった。

「姉さ、おい達は奥方様がいらっしゃったら、もう、盆踊りはできねェのか」

「当たり前だ。ご家老様はおい達に施しをする訳ではねェ。そこそこの働きをして貰いてェから大枚の給金を弾《はず》んだんだ。そこは肝に銘じておけ。皆んなも、後で悔《く》やまねェように、今の内に気が済むだけ踊った方がいい。ただし、男どもの甘い言葉にそそのかされて、河原や草むらで野合するのは駄目だぞ。腹に子でも抱えたら事だ。奥方様をお守りすることはできなくなる」

うめは年上らしく、他の娘達に注意を促した。娯楽の少ない松前城下では盆踊りが人々の唯一の憂さ晴らしだった。踊りだけでなく、近所の家に上がり込み、酒を飲んで大騒ぎする者やら、闇に紛れて男女が密会するなども珍しくなかった。盆踊りが開かれるひと月も前から、城下の男達は、これぞと思う娘に巧みに誘いの声を掛ける。それで祝言を挙げる者もいるが、中には子を宿して途方に暮れる娘もいた。うめはそのことを心配していた。

「姉さ、大丈夫だって。おい達に声を掛けるつわものは、この松前にはいねェよ」

さきは苦笑混じりに言う。

「そこだ。滅多に声を掛けられることのない娘が声を掛けられると、のぼせ上がってしまうのよ。よくよく気をつけれ。おい達の働きがいい時は、ご家老様は黙っていても亭主を見つけて下さるというものだ」

うめは娘達を諭すように言った。

「姉さ、本当だな」

さきは張り切った声で訊いた。

「ああ。よねも犬上様の女房になりてェのなら、精一杯励め」

そう言うと、よねは男のような仕種で鼻を鳴らした。

珍しく風もない夜だった。盆踊りの櫓に近づくと、みるの姿が目に入った。身も世もないという態で、一心不乱に踊りに興じている。

娘達はみるの姿を惚《ほう》けたような顔で、しばらく見入っていた。

三

盆踊りが済むと、娘達は城の外堀近くに建っている道場へ通うようになった。蠣崎将監は剣術や柔、居合の稽古をしろと命じたが、いざ、稽古に入ると、使いものになるのはよねぐらいで、他の五人はお話にもならないていたらくだった。

犬上菊四郎と平野刑部は相談の上、娘達に竹槍を持たせてする稽古に切り換えた。並の娘達より体格がよいと言っても、所詮、ただの十代の娘達に過ぎなかったのかと、犬上と平野はがっかりしていたようだが、娘達は存外楽しそうに稽古に励んでいた。

稽古は午後から行なわれ、娘達は午前中に家の手伝いを済ませ、昼飯を食べてから城へ向かうという毎日だった。藩の家臣達は、最初、何か新しい趣向でもあるのかと興味津々だったが、時間が経つ内に、さして気にする様子もなくなった。めっきり秋めいてきた松前城下に娘達の黄色い掛け声が華やかに響いていた。

藩の家臣達が六人の娘達の稽古の理由を得心したのは、その年の十月に大政奉還があってからだろう。

まるで天地が引っ繰り返ったようなでき事だった。それはペルリが箱館へやって来たよりも数倍、衝撃的だった。藩は、上を下への大騒ぎとなった。そして、大政奉還の衝撃が癒えない十二月には王政復古の大号令が宣言された。明けて慶応四年の正月には新政府の体制が固まり、幕府は鳥羽・伏見の戦へ兵を挙げた。

事実上の戊辰戦争の始まりだった。

新政府は箱館を箱館府とし、蝦夷地は北と南の二つに分けて統轄することになった。清水谷公考《しみずだにきんなる》を府知事とする箱館府の一行は閏四月二十六日に華陽丸という船で京都から箱館にやって来た。

松前徳広は、それより前の三月に正室光子を伴って帰国した。

徳広はこの時から朝廷に対し恭順の姿勢を取り、清水谷公考を松前城に迎えるべく準備を調え、庶弟敦千代を自分の名代として上洛させ、京都御所の警護に当たらせた。

六人の娘達は帰国した光子に、さっそく謁見した。

蠣崎将監が、「奥方様、この者達が奥方様をお守り致しまする。どうぞ、ご安心なされませ」と、六人を紹介した。

「よろしゅうお頼み申します」

光子は可愛い声で応えた。六人の娘達はひれ伏した姿勢のまま、そっと顔を見合わせた。今まで、そのような声を発する娘や女房に会ったことがなかったからだ。

その声を聞いただけで、娘達は光子を何んとしてもお守りするのだという気持ちに捉えられた。顔を上げると、色白の小柄な光子は優しい微笑をたたえて娘達を見ていた。黒目がちの大きな眼、鼻筋の通った鼻、おちょぼ口。武者人形のような徳広に、まことにふさわしい奥方だった。

「奥方様、松前はいかがでございましょうや」

将監は阿《おもね》るように光子に訊いた。

「松前はこれからお花見の季節と聞き及んでおる。今年は、江戸でお花見はしておらぬ。その者達と一緒に松前のお花見を所望したい」

普段は侍女を介してしか言葉を喋らない光子だったが、年寄りの将監と自分の護衛をする娘達を前にして、光子の口も滑らかになっていたようだ。

「それはそれは。松前には光善寺《こうぜんじ》という寺の境内に血脈桜《けちみゃくざくら》と呼ばれる古木がございます。奥方様のお目を喜ばせるものと思いまする」

将監は得意そうに続けた。

「血脈桜となア？」

光子は興味を惹《ひ》かれた様子でつっと膝を進めた。その拍子に紅花色の裲襠《うちかけ》が衣擦《きぬず》れの音を立てた。

「さようでございまする。血脈桜は宝暦の頃に植えられた桜でございまする」

将監は滔々《とうとう》と血脈桜の由来を話し始めた。

昔、松前城下に伝八《でんぱち》という鍛冶《かじ》職人がいた。

伝八は息子に商売を渡して隠居すると、十八歳になる静枝《しずえ》という娘を伴い、上方見物に出かけた。江戸、伊勢、京、奈良を巡り、桜の里の吉野に着くと、吉野は折しも桜が満開で、見渡す山々は薄紅色に染まっていた。

伝八と静枝は吉野に宿を取り、桜を堪能した。宿の近くには小さな尼寺があり、静枝は散策の折、その尼寺を訪れた。

尼寺には美しい庵主《あんじゅ》がいた。静枝は一目で庵主の美貌に心を奪われた。庵主もまた、遠い北の国からやって来た静枝を妹のように可愛がったという。

伝八は桜も終わりに近づくと、静枝に帰国を促した。静枝は別れの挨拶に尼寺を訪れると、庵主は静枝に桜の苗木を土産《みやげ》に渡した。

庵主はその桜を自分と思ってくれと静枝に言い、二人は涙ながらに別れた。

松前に戻った静枝は、桜の苗木を自分の家の旦那寺《だんなでら》である光善寺の境内に植えた。

苗木は三年目から花をつけた。八重桜で、花びらも他の桜より紅の色が濃い。静枝はそれから吉野の庵主を偲《しの》びながら、独り身のまま生涯を終えた。

「悲しき話である。して、血脈桜の謂《いわ》れはどこから生まれたのであるか」

光子はなかなか利発な女性であるらしい。

将監の話だけでは血脈桜と名付けられたことが納得できなかったらしい。

「これは鋭いご指摘。いかにもそれだけでは血脈桜とはなり申しませぬ。これには続きがございまする」

将監は得意そうに唇を舌で湿《しめ》した。静枝の死後も八重桜は毎年咲き続け、巨木となった。

光善寺は、ある年、本堂の改築工事が計画された。その時、境内に場所を取っている八重桜が邪魔になり、伐り倒すことが決められた。

伐り倒す前日の夜、光善寺の当時の住職の枕許に一人の女が立った。自分は死ぬ宿命であるから、どうかその前に血脈を与えてほしいと訴えた。血脈とは、仏教で師が弟子に授ける法統のことで、それを授けられると極楽浄土へ行けると信じられていた。

住職は経を上げ、女に血脈を与えた。

翌日、人足が集まり、今しも桜が伐り倒されようとした時、住職は枝に札のようなものが揺れているのに気づいた。よく見ると、それは自分が前夜、女性に与えた血脈だった。

前夜の女は桜の精だと気づくと、住職は慌てて伐り倒すのをやめたという。

血脈桜はそうした因縁にまつわる桜だった。

「不思議な話である。わらわはその血脈桜を是非とも、この目で見たいものじゃ」

その言葉で、娘達の初めての仕事が決定された。光善寺奥方様お花見御用だった。

四

六人の娘達は光子から揃いの小袖を与えられた。桜の柄の入った美しいものだった。何んでも、江戸では花見に衣裳を調えるのも女の嗜《たしな》みらしい。普段は野良着のような恰好の娘達にとって、小袖は花嫁衣裳に匹敵するほど嬉しい贈り物だった。ただし、娘達にとって、桜の柄の小袖が必ずしも似合っているとは言い難かった。陽灼けした顔を、なおさら黒々と見せた。だが、娘達は意に介するふうもなく、嬉々として小袖を身に着けた。

光子には江戸から二人の侍女が松前に同行していた。しずとるりと呼ばれる二人の侍女は、どちらも年が三十近くで、一生奉公の覚悟でお務めに就いていた。しずは色白で丸顔、るりは痩せていて、狐を連想させる女だった。

二人とも口数が少なく、余計なことは言わなかったが、六人の娘達を見る目つきは冷ややかだった。みるが甲高い声で笑ったりすると、露骨に眉をひそめた。

うめも二人の侍女とは反りが合わないものを感じたが、江戸の水に洗い上げられた二人の仕種には反感よりも羨望《せんぼう》の念が勝《まさ》った。

光善寺は松前城の裏手にある寺だった。その付近は寺町で、寺が固まって建っている。

光子の乗り物は城の寺町御門を出ると、ひょうたん池を左手に見ながら西へ向かった。龍雲院《りゅううんいん》という寺が見える辻の所で、さらに西へ折れる。すると、右手に光善寺の仁王《におう》門が現れる。

光善寺は城から僅か三町足らずの距離である。それでも光子は乗り物を使ったので、六人の娘達は上《うえ》つ方《かた》というのはご大層なものだと内心で思っていた。光子は勝千代も同行させたい様子だったが、将監は万一のことを考えて、それは止めた。

娘達の足ならば、あっという間だが、光子の一行が光善寺に着くまで小半刻以上も時間が掛かった。駕籠《かご》持ちの二人の中間《ちゅうげん》を除けば、他は女ばかりの行列である。

仁王門を抜けて山門に辿《たど》り着くと、光善寺の住職が迎えに出ていた。光子はそこで乗り物を下りた。

小柄な光子は六人の娘達より首一つも背丈が低い。女中が乗り物の前に揃えた履物も信じられないほど小さく見えた。

光善寺は浄土宗で、天文二年（一五三三）、了縁和尚《りょうえんおしょう》によって開山された。当初は寺号を高山寺《こうざんじ》と称したが、元和七年（一六二一）、後水尾《ごみずのお》天皇の時に光善寺と改め、京都百万遍知恩寺《ひゃくまんべんちおんじ》末《すえ》になったという。

住職に促されて光子は静かに血脈桜へ進んだ。駕籠持ちは山門の所で待機して、境内には入らなかった。

「おお、見事な桜じゃ」

血脈桜の前まで来ると、光子は感歎の声を上げた。幹が途中から二つに分かれた樹は、思うままに枝を拡げ、びっしりと花をつけた様子は圧巻だった。

光子は桜の周りをぐるぐると廻った。樹の根方が鮮やかな緑色の苔《こけ》で覆われているのも風情があった。光子がその苔を傷《いた》めないように足許に気を遣っている。

「わが殿もご一緒なされば、お喜びになったはず」

光子はそこにいない徳広のことを口にした。

徳広は身体の調子が悪く、僅か三町足らずの距離でも外出に難色を示した。

「お殿様は以前にご覧になっておられまする。どうぞ、奥方様は存分にお楽しみ下さいませ」

住職は光子を慰めるように言った。光子はこくりと肯き、「重畳至極《ちょうじょうしごく》である」と、礼を述べた。

それから境内の桜の傍に敷物を拡げ、花見の宴が開かれた。箱から次々と現れる道具に六人の娘達は目をみはった。

しずとるりは手慣れた様子で重箱やら、揃いの小皿を出した。重箱の中には吟味された料理がびっしりと並んでいた。

さきはごくりと生唾《なまつば》を飲むと、うめは目顔で制した。さきはわかっているというように肯いた。

「苦しゅうない。そち達も相伴せよ」

光子は気軽に誘う。しずとるりは牽制するように六人を見た。敷物の周りを六人が取り囲み、光子と二人の女中だけが敷物に座っていた。

「奥方様、どうぞ、わたしらのことはお気遣いなく」

うめは遠慮がちに応えた。しずとるりは安心したような顔になった。

「ああ、気持ちがよい。このような花見、わらわは初めてであるぞ」

光子は至極満足そうだった。光子は弁当のお菜を時々、口に運ぶが、それはまるで小鳥が餌を啄《ついば》むような感じだった。

「奥方様、お腹《なか》のわこ様のために、もう少し、お召し上がりなされませ」

しずが言い添えたので、六人の娘達は、光子が妊娠中であることを初めて知った。

「これ、お前達、せっかくのお花見である。奥方様をお慰めする余興の一つもせぬか」

るりは間が持てない様子で言った。

「おるり様、わたしどもは、至って不調法な者ばかりで」

うめは謙遜して応えた。

「そうではあるまい。みる、そなた、大層踊りが得意と聞いておる。ここで一差《ひとさ》し、舞ってたもれ」

るりの言葉に、うめは動転して、「ご冗談を。みるの踊りは下々《しもじも》の盆踊りでございます。とてもとても奥方様のお目に掛けるようなものではございません」と、言った。

「構わぬ。みる、踊ってくりょ」

光子は朗らかな表情でみるを促した。

「それでは、ちょいと……」

みるは光子の勧めに悪く遠慮せず、「皆んな、調子合わせてけれな」と、いつもの口調で言った。みるは踊れと言われ、それまでの緊張が解けた様子だった。

「いやさかサッサ、さのヨイヨイ、サノサ」

とみは手拍子で、すぐに合いの手を入れた。

「いずれこれより、御免蒙り、音頭の無駄を言う……」

「いやさかサッサ」

娘達が甲高い声で合いの手を入れると、光子は、たまらず声を上げて笑った。

「あたり障りもあろうけれども、さっさと出しかける……」

「来たかサッサ、さのヨイヨイ、サノサ」

みるはしずとるりの眼も忘れて、久しぶりの踊りに我を忘れている。みるの場合は踊るというより跳《は》ねるという方がふさわしい。しずとるりは、最初は呆れた様子だったが、光子が喜んでいるとわかると自分達も渋々、手拍子を取った。

軽快な調子の御国音頭が終わると、今度はしっとりとした甚句になった。

「甚句踊らば、三十が盛り……」

しずとるりは、また、いやな顔をした。みるは構わず続けた。

「三十過ぎれば、その子が踊る……」

「サイサイ」

光善寺の本堂から僧侶が顔を出し、みるの様子を眺めていた。誰しも笑顔だった。

空はぼんやりと花曇りだった。血脈桜も、みるの踊りに誘われたかのように、さわさわと枝を揺らした。

それがつかの間の華やぎだったと、誰が予想していただろうか。光子は来年も、ここでお花見をしようと、張り切って六人の娘達に言ったのだった。

五

松前徳広の病状は一向に回復の目処《めど》が立たず、それどころか次第に悪化の傾向にあった。

徳広は蠣崎将監に隠居したい旨を再三に亘《わた》って訴えるようになった。

将監は藩の重職とも相談の上、徳広の庶弟敦千代を次期藩主として選んだ。しかし、松井屯《たむろ》、鈴木織太郎《おりたろう》、下国東七郎《しもくにとうしちろう》、儒者新田千里《にったせんり》、僧侶三上超順《ちょうじゅん》らは正議隊《せいぎたい》を結成し、徳広の藩主存続を強く望んだ。

将監らが佐幕派だったのに対し、正議隊は強い尊皇派だった。長年、松前藩は藩主と縁戚《えんせき》関係にある者が藩政を牛耳っていたので、その反発が時代の変化に乗じて噴出したのだった。

正議隊は蜂起（クーデター）を敢行すべく、箱館の清水谷公考に援護を要請し、一方で同志を募《つの》った。さらに江差《えさし》奉行の尾見《おみ》雄三《ゆうぞう》にも援護を約束させた。

正議隊は徳広に建白書を差し出し、将監ら佐幕派の家臣を弾劾した。

徳広は正議隊の意見を呑み、松井屯、下国東七郎、鈴木織太郎を近習に抜擢し、蠣崎将監、松前勘解由、蠣崎監三《かんぞう》、関左守《せきさもり》らには謹慎を命じた。松前勘解由と蠣崎監三は将監の実の息子だった。

将監は執政の立場を下国安芸《あき》に渡し、自宅にて謹慎の姿勢を取った。しかし、松前勘解由は納得できず、登城して徳広に意見を求めようとしたが、すでに城は正議隊が守備に就いていて、勘解由は入城さえできなかった。

憤激した勘解由は同志を募り、藩の弾薬庫から銃や弾薬を奪って正議隊を砲撃しようとした。だが、将監は、「君臣の分にもとる」と、止めた。代々、世話になった松前城である。将監にすれば、城を砲撃することは天に唾する行為にも思えたのだろう。勘解由は父の言葉に砲撃を中止して、自宅謹慎をすることにした。

だが、それが仇《あだ》となった。慶応四年の八月一日。正議隊は謹慎者の屋敷を急襲した。将監の三男である蠣崎監三は正議隊の杉村矢城《すぎむらやしろ》に斬り殺された。関左守の屋敷では、左守は留守で、たまたま屋敷にいた弟の賜《たもう》が代わりに法源寺《ほうげんじ》まで連れ出され、そこで殺された。法源寺は松前藩士の墓所だった。

翌日の二日、関左守は友人の家で自刃した。

さらに三日には、松前勘解由の屋敷に十五名の正議隊が押し寄せ、勘解由は一室に押し込められ、そこで切腹して果てた。

六人の娘達は城下のただならぬ様子に、三人ずつ交代で光子の傍で宿直《とのい》をした。

うめは将監の安否が気になっていた。みるとよねに将監の様子を探れと命じた。二人は自宅に戻るふりをして西館の蠣崎邸まで近づいたが、正議隊が屋敷の周りを見張っていたので、中の様子はわからなかった。しかし、見張りの表情から、屋敷内で大事が起きているようには見えなかった。

二人はそのまま坂道を下り、法源寺の山門の前に出た。山門前には人垣ができていた。

「何があったんだべ」

みるはよねに小声で囁《ささや》いた。よねは瞬きすると、「行ってみるべ」と、すかさず言った。

人垣の後ろから背伸びして覗くと、人の形に盛り上がった筵《むしろ》が目に入った。

「死人《しびと》だ」

みるが独り言のように呟くと、よねは瞬きしてため息をついた。

「死人は誰だべ」

みるは傍にいた町人ふうの男に訊いた。

「わかりまへんなあ。しかし、恰好からお城のお侍のようですよ」

上方訛《なま》りの中年の男は、恐らく廻船問屋の者だろう。

「藩のお偉いさん達が何人も正議隊に殺されているそうです。この仏さんもそのお一人だったのでしょう。なんまんだぶ、なんまんだぶ」

男はそう続けて掌を合わせた。

「ご家老様がどうなったか、お前さん、知らねぇか」

みるはそれが肝腎とばかり訊いた。

「蠣崎将監様ですか？　さあ、お姿はお見かけしまへんなあ。大事になっていなければよろしいのですが」

男は心配顔で、また筵の方を向いた。

「まさか、この死人はご家老様ってことはねぇだろうな」

みるは悪い予感を口にした。よねはすかさず、「みる、縁起でもねぇことは喋るな」

と制した。

その時、不意に二人の襟首が摑《つか》まれた。よねは咄嗟《とっさ》に振り払って身構えたが、みるは手足をばたつかせただけだった。

「こんな所で何をしておる」

犬上菊四郎が厳しい表情をして立っていた。

「おい達、家に帰ってひと休みするところ、ちょうど、ここを通り掛かったもので」

みるは言い訳した。

「いつもの通り道とは違うではないか。お前達が奥方様の警護に就いているのは正議隊の連中は承知しておる。妙な行動をすると、命を狙われるぞ」

「犬上様、ご家老様は無事でしょうか」

よねは不安そうに訊いた。

「わからん。したが、松前勘解由殿と蠣崎監三殿は粛清《しゅくせい》されたそうだ」

粛清という意味はわからなかったが、大事が起きたのだと二人は悟った。

「したら、ご家老様のお命もどうなるかわからねェということでございますか」

よねは盛んに瞬きして犬上に言った。

「ご家老は勘解由殿が城を砲撃しようとしたのを止めておられる。正議隊もそのことは、よっく知っておる。それにご高齢であることから、正議隊もご家老にだけは無体なことはするまい」

犬上はそう言ったが、みるもよねも安心できなかった。

「お前達、これからしばらく城下に出るな。お城にいた方が安全だ」

犬上は二人へ注意を与えた。

「はい、そう致します」

みるは低い声で応えた。二人は自宅へは戻らず、そのまま城に取って返した。

犬上の言ったことは本当だった。六人の娘達は間もなく松前勘解由、蠣崎監三ら、藩の重職の死を知らされた。幸い、将監の命は守られたが、六人の娘達はいっぺんに二人の息子を亡くした将監の胸中を思って涙をこぼした。

蜂起に成功した正議隊は松前徳広を担ぎ、藩政改革の第一歩として、厚沢部《あっさぶ》村からほど近い館《たて》村に新城を築くことを計画し、箱館府の清水谷公考へ嘆願した。

新城建造の内諾を得ると、江差奉行所の人間が主体となって新城建造が始まった。館村は松前より二十里ほど離れた土地で、そこは江差にも近かった。

館城はその年の十月の半ばに一応の完成をみた。百間四方（百八十一メートル四方）の中に藩主居館、藩庁建物、藩士の御長屋、台所、米倉を置き、正門の外側に中間固屋《ごや》を配しているだけの、こぢんまりとした城だった。

館城が完成すると、いよいよ松前徳広と光子は移転することになったが、おおっぴらに公言することは城下の人々の反感を買い、騒動になる恐れがあった。

新しい藩の重職達は館城の完成を祝して大祭を開くことを決めた。大祭で城下の人々が浮かれている隙《すき》に藩主と家臣達が松前を離れるという計画だった。

だが、この時、新たな問題が起きていた。

榎本武揚を隊長とする旧幕府軍が江戸を脱走してみちのく仙台に蒸気艦開陽丸以下、八隻の艦船を率いて入港したという。それは津軽からの密偵により知らされた。藩には新たな緊張が走った。

王政復古により、将軍は一大名となった。

それにより江戸市中に禄を解かれた幕臣達が溢《あふ》れた。榎本は蝦夷地に新しい共和国を立て、幕臣達の生きる道を求めようとしていた。

旧幕府軍は、いずれ蝦夷地に訪れ、松前城を襲うだろう。その前に館城に逃れなければならなかった。

城下は大祭で賑わっていた。六人の娘達は夜陰に乗じて光子を護衛しながら松前城を出た。松前から江差に北上し、そこから厚沢部村を経て館村に辿り着く行程だった。

城の裏手から江差への本道に出る時、一行は光善寺の傍を通った。

光子は春にそこで花見をしたことが懐かしいと洩らした。

さなは突然、声を張り上げた。

「血脈桜、見守ってくれなあ！」

まるで幼い子供のような口調だった。他の娘達はくすりと笑ったが、その後で、そっと眼を拭った。再び松前の土地に戻れるかどうか定かではなかった。娘達は城下の人々の混乱を恐れ、両親や兄弟にさえも館城に移る話はしていなかった。もしかして、これが今生の別れではないかという思いが胸を掠《かす》めていたが、誰もそれを口にしなかった。

六

慶応四年は九月八日を以《もっ》て明治と改元された。その明治元年の十月二十日。旧幕府軍は八隻の艦船を率いて内浦湾《うちうらわん》の鷲ノ木《わしのき》に投錨《とうびょう》すると、ただちに上陸し、箱館へ向けて進撃した。

箱館府は、すぐさま箱館府兵、松前藩兵に出動を命じたが、旧幕府軍の前にことごとく敗れた。

清水谷公考は交戦不利と判断して全軍の撤退を命じ、箱館港に停泊していたプロシア船を借り受け、津軽の青森に逃れた。その結果、箱館、五稜郭は旧幕府軍にあっさりと占領されてしまった。

同年十一月一日。旧幕府軍の艦船蟠龍《ばんりゅう》は松前に現れ、松前城を砲撃した。松前城は城代家老蠣崎民部《みんべ》を中心に北と南の門に、それぞれ五十名ずつの兵が守備に就いた。松前側の攻撃は門内に野戦砲を並べ、撃っては門を閉じ、再び門を開けて撃つという方法だった。旧幕府軍の兵は城壁にへばりついて門が開くのを待ち、隙をついて門内になだれ込み、激しい白兵戦となった。

しかし、ついに松前も旧幕府軍の前に敗れることとなり、松前藩兵は城下の各地に火を放って館城に敗走した。旧幕府軍の次の標的は江差だった。江差を落とせば、必ずや館城にやって来るだろう。

館城に入ったばかりの徳広は下国安芸、尾見雄三らに守られて、厚沢部川の河口近くの土橋《どばし》という所に避難して戦況を見守ることにした。光子は臨月を迎えていたので、その時はまだ館城に留まっていた。場合によっては土橋に向かい、徳広ともども津軽に逃れる覚悟ではいたものの、季節柄、外は激しい暴風雪で、身重の光子には極めて困難な状況だった。

十一月十五日、ついに旧幕府軍は館城の城内に乱入した。館城は二百名の藩兵が守っていて、果敢に白兵戦を展開したが、旧幕府軍の攻撃を喰い止めることはできなかった。

光子は旧幕府軍の兵がやって来たとの報を受け、六人の娘達と二人の侍女に守られて館城を出ると土橋へ向かった。しかし、土橋の近くに待機していた藩兵は、徳広が乙部《おとべ》に向かったと告げた。乙部はそこから、さらに北上した村だった。

光子は、「わらわは、もはやここまで」と、覚悟を決めた様子だった。土橋から乙部まで三里はある。風は一向に止む様子がなかった。

うめは、ひとまず光子を休息させなければならないと考えた。館城から出た時から、女達の一行の指揮は、このうめが執っていた。

しずとるりも、うめの言葉に殊勝に従った。

付近の茅葺《かやぶ》き屋根の民家を訪ねると、その家の住人達はすでに避難した後だった。うめは、これを幸いと光子をその民家に促した。天気が回復したら、光子をさきに背負わせて乙部へ向かうつもりだった。

囲炉裏《いろり》に火を入れ、湯を沸かして光子に茶を飲ませ、携帯した握り飯なども食べさせた。

みるとさきは勝手口の煙抜きの窓から、外の様子を窺った。しかし、殴りつけるような暴風雪は視界を遮《さえぎ》っていた。耳を澄ましても、風の音なのか砲撃の音なのか判断できなかった。

「これほどの悪天候ならば敵もやって来ますまい」

しずは光子を慰めるように言った。

「さあ、どうだか」

よねはしずに醒めた眼を向けて言った。

「松前はすべて燃えたのであるか？　さすれば血脈桜の樹も、はかなくなってしまったのか」

光子は泣き出さんばかりに訊く。

「奥方様、血脈桜はきっと残っております。あの樹は可愛らしいおなごが好きなので、きっと奥方様をお守り致しますよ。だって、奥方様も可愛らしいお方ですから」

さなは無邪気に言う。光子はつかの間、ふっと笑った。

「さな、重畳至極《ちょうじょう》である」

風は強かったが民家の中は暖かかった。女達は疲れが出て、誰しも、とろとろまどろみ始めた。と、その時、うめの耳にさくさくと雪を踏みしめる足音が聞こえた。

「皆んな、起きろ。誰か来たぞ」

うめは、ひそめた声で、だが、しっかりと言った。みるとよねは表戸の両端にそれぞれ立ち、さきととみは勝手口に就いた。

さなとうめは光子と二人の侍女を庇うように身構えた。

――誰かいそうか？

――わかりません。戸締りしております。

——構わぬ。ぶち破れ。中を確かめる。

男達の声が聞こえた。言葉遣いから松前の者ではない。娘達の胸の鼓動は早鐘のように高鳴った。守備に就いていた松前藩兵はどうしたのかと考える余裕もなかった。

よねは犬上に進呈された小太刀の鞘《さや》を払った。犬上は大野《おおの》村に進軍する際、奥方様をお守りしろと、よねにその小太刀を渡したのだ。

力まかせに表戸が蹴破られた時、よねは果敢に、入って来た男へ斬りつけた。小太刀の切っ先は男の二の腕に当たった。だが、頭に血を昇らせた男は、よねの小太刀を苦もなく撥ね上げ、後ろ向きになったよねの背中を袈裟《けさ》懸けに斬った。よねは短い悲鳴を発して土間にどうっと倒れた。

「よね！」

娘達の悲鳴が上がった。みるはすぐさま、よねの身体を助け起こそうとしたが、よねは口をぱくぱくするばかりで言葉もろくに喋られなかった。

「うぬら、おなごを斬るとは侍の風上にも置けぬ」

みるは怯《ひる》まず悪態をついた。

「仕掛けたのは、そっちが先だ。それに、まさかおなごまで兵に就いているとは思わなかったからな」

よねを斬った男は二の腕をさすりながら言った。

「犬上様、犬上様……」

よねは苦しい息の下でうわ言のように言う。

娘達はよねが不憫で眼を濡らした。

さらに五、六人の男達が入って来た。粉雪が舞い込み、よねの身体から流れる血の上にはらはらと降った。

男達は茶の間の隅にいる光子に視線を向けると、ふっと笑った。光子が何者であるのか理解したらしい。赤く血走った男達の眼には好色の匂いがした。うめの顔にさっと朱が差した。

「控えろ！　松前藩のご正室であるぞ。無礼な振る舞いは許さん！」

うめは精一杯の声を張り上げ、男達を牽制した。

「それがどうした。こちとら何ヶ月も女なしで暮らして来たんだ。おとなしく言うことを聞いて貰おうか」

別の男がにやけた笑みを浮かべて言う。とみは竹槍を突き立てたが、あっさりと途中から折られてしまった。ずかずかと土足のまま茶の間に上がり、今しも光子に近づこうとした時、「待ちたまえ」という澄んだ声が聞こえた。民家の外には、まだ男がいたらしい。

だが、その男は他の男達と違い、洋装だった。風除けに羽二重の白い襟巻きをしている。

頭をザンギリにし、だんぶくろに革の長靴という恰好は、まるで異国人のようでもあったが、顔は間違いなくこの国の男で、腰にたばさんだ刀も日本刀だった。

「無体なことをしてはならないよ。そんなことをした日には幕府軍の恥だ。松前侯の奥方とあらば、ここは礼儀を尽くさなければ」

男はそう言って、深々と頭を下げた。

「時に、君達は奥方とこれからどうするつもりなのですか。警護に男の姿がないのも妙だ。松前侯とご一緒ではなかったのですか」

年は幾つなのだろう。まだ若く見えるが、貫禄があるので、あるいは三十近いのかも知れない。言葉遣いは侍のものではない。かと言って町民、農民とも違う。不思議な感じのする男だった。

「奥方様を助けていただけるのですか」

うめは声を励まして男に訊いた。白い歯が覗き、「むろん」と応えた。しずとるりは光子と抱き合ったまま、震えていた。

「わたしらはこれから乙部に向かいます。どうぞ乱暴なことはしないで下さい」

うめは男をまっすぐに見つめて言った。

「心得た」

男の言葉にうめは心底、安堵した。

「お見掛けしたところ、奥方はお腹が大きいご様子ですね。それでは歩くのも容易ではない。よろしい。こちらから何人か護衛をつけましょう。戦といえども、女子供を相手にするつもりはないですからね」

男は光子の身体を心配している様子だった。

「騙《だま》されるでない。この者達は殿の居場所を突き留めようとしておるのじゃ」

ようやくるりが甲走った声を上げた。

「お女中、疑い深い。僕は奥方を無事に乙部までお届けすると申したはず。うそは言いません」

「よね！」

みるが突然、声を上げた。それまで細かく震えていたよねの身体が動かなくなったからだ。

「お気の毒ですが亡くなられたらしい」

男はため息の混じった声で言った。その拍子に娘達は、わっと声を上げて泣いた。

「これが戦ですよ。僕も親しい友人を何人も亡くした。どうか了簡して下さい」

だが、男は淡々とした表情で言うと、「半刻後に出発致します。よろしいですね」と続けた。

「お侍様、お名前を聞かせて下さい」

さなは涙を浮かべたまま男に訊いた。

「さな、余計なことは訊くな」

うめは制した。

「姉さ、後で誰に助けられたのか訊かれた時、名前を知らねェでは都合悪い。よしんば、おい達を騙し討ちにした時は、おい、あの世で祟《たた》ってやるつもりだから」

さなはそう言って唇を嚙み締めた。

「僕は、土方歳三《ひじかたとしぞう》と申します。以後、お見知り置きを」

だが、男はあっさりと応えた。よねを斬った男は二の腕に繃帯《ほうたい》を巻きつけながら、

「お前達、新撰組って知ってるか。土方さんは、その新撰組の副長をしておられたのだ」

と、得意そうに説明した。

「知らねェなあ」

みるは悪態をついたが、眼はよねの亡骸《なきがら》に注がれたままだった。

「土方様、よねを葬ってやりたいのですが、よろしいでしょうか」

うめはおずおずと訊いた。そこへよねを置き去りにするのは忍びなかった。だが、土方はひょいと眉を上げ、「気の毒だが時間がない。それにこの雪では地面の穴を掘るのも容易ではありません。いずれ、誰かが見つけて、ねんごろに弔ってくれるでしょう」

と、にべもなく応えた。その瞬間、娘達の泣き声はさらに高くなった。

七

光子の一行は旧幕府軍の護衛を受けて、無事に乙部に辿り着いた。旧幕府軍は松前藩兵の姿を認めると、そのまま踵《きびす》を返した。

乙部から見える海は激しい時化《しけ》だった。海岸沿いの船は、皆、陸に揚げて冬囲いをしていた。

光子が徳広の許に着いて、ほっと安堵したのもつかの間、徳広は病状が悪化して、うわ言を口走る状態だった。一刻も早く津軽に逃れ、医師の手当てを受けなければならない。

一行は船を求めて、さらに北上し、熊石《くまいし》に着いた。そこは松前藩領の北限の村だった。

徳広の側近達は必死で船を探した。ようやく目谷又右衛門という男の中漕《なかこぎ》船「長栄丸」を借り受けることができた。

長栄丸は二百五十石積みの船だった。近隣の村に物資を運ぶ荷船で、それほど人は乗せられない。その粗末な船に藩主以下七十一人が乗り込み、さらに決死の覚悟の水夫《かこ》十五人が乗ったのだから、さすがに沈む恐れがあった。

浮力を増すために村中から集めた空き樽を船べりに括りつけ、荒れ狂う海へ船出したのは十一月十九日のことだった。

蠣崎将監は藩主の乗った船を見送ると、焦土と化した松前城下に戻り、四百名の松前藩兵とともに旧幕府軍に降伏した。

将監は死を覚悟していたが、旧幕府軍人見《ひとみ》勝太郎《かつたろう》の温情で命は取り留められた。

館城も落城し、旧幕府軍に焼かれた。築城開始から六十五日、完成して、僅か二十五日で灰となった不運の城だった。

長栄丸は十一月の二十一日に東津軽郡の平舘《たいらだて》に着いた。津軽藩の援助を受け、一行は蟹田《かにた》、浪岡《なみおか》を経て弘前の薬王院に到着した。

だが、徳広は医師の手当ての甲斐《かい》もなく、十一月の二十九日に二十五歳の若さで亡くなった。

光子も弘前で次男敬広《たかひろ》を出産するも、敬広は夭逝《ようせい》した。

松前城下は藩主の墓所である法幢寺《ほうどうじ》も法源寺も、ことごとく焼けた。

しかし、光善寺は奇跡的に火災を免れた。

血脈桜の命も守られた。

松前藩は徳広の嫡子勝千代が跡を継ぎ、十五代の藩主に就いた。だが、明治新政府は廃藩置県の沙汰を下した。勝千代こと松前修広は子爵を賜り、華族となって東京在住を命じられた。光子もその時、修広とともに東京へ移った。

よねを除く五人の娘達は、松前に戻ることはなかった。娘達のその後の安否は誰も知らなかった。津軽の瀬戸（海峡）を渡る時、誤って海に転落したと言う者もいたが、はっきりしたことはわからなかった。あるいは津軽の地で、それぞれに伴侶《はんりょ》を見つけ、津軽の人間としてその後の人生を送ったのかも知れない。松前に戻らなかったのは、船で再び瀬戸を渡るのがよほど恐ろしかったせいだろうか。

長栄丸は平舘に到着した途端、岩にぶつかって大破している。まさに危機一髪の逃避行だった。

よねの亡骸は思い出の光善寺に葬られた。

犬上菊四郎は春秋の彼岸と盆には決まってよねの墓に線香を手向けたという。だが、よねは犬上よりも、なかよしだった五人の娘達の墓参りを実は望んでいたのかもしれない。

光善寺の血脈桜は今も春には見事な花を咲かせる。

さなは血脈桜に「見守ってくれ」と哀願した。女性の化身のような血脈桜は、その思いを受け留め、しっかりと見守ってくれたのだった。

黒百合

一

金龍山浅草寺本堂《きんりゆうざんせんそうじ》の裏手は俗に浅草奥山《おくやま》と呼ばれ、淡島堂《あわしま》、薬師堂《やくし》、恵比寿大黒天《えびすだいこくてん》、地蔵菩薩《じぞうぼさつ》など、数え切れないほどの仏像や祠《ほこら》がある。

境内に植わっている桜が見事なので、文化文政の頃から浅草寺は花見客で賑わうようにもなった。その賑わいは、いつしか奥山を水茶屋や楊弓場《ようきゆうば》、各種の見世物小屋が軒を連ねる江戸の歓楽街へと発展させた。

水茶屋と楊弓場といっても、それは形だけのもので、実情は裏の小部屋に客を誘い込んで春をひさぐ岡場所と何んら変わりがなかった。

見世物小屋は落語、講釈、独楽回《こま》し、居合抜き、手妻《てづま》（手品）、軽業《かるわざ》、それに、おけ松《まつ》という男の籠抜《かごぬ》けなどもあった。毒々しい色彩の見世物小屋も、生臭い水茶屋や楊弓場も、すべて千本桜の加護で成り立っているのだ。

ご一新《いつしん》の直後は、奥山もさすがに人出は少なかった。しかし、将軍家の幼主、徳川亀之助《かめのすけ》が駿府《すんぷ》藩主に取り立てられ、旧幕臣達が続々と駿府入りを始めた頃から奥山にもようやく活気が戻った。幕府が瓦解して武士が路頭に迷い、右往左往していようが、庶民は「土弓場《どきゅうば》へ今日も太鼓を打ちにゆき」と、呑気《のんき》なものだった。

楊弓場では矢場《や　ば》女《おんな》が太鼓をドンと打ち鳴らす。首尾よく的に当たれば矢はカチッと鳴り、上等の房楊枝《ふさようじ》やびいどろの鏡などの賞品を手にすることができた。楊弓場を「ドンカチ」と呼ぶのはそのせいだ。

だが、客の目当ては賞品ではなく、もちろん、矢場女にあるのは想像に難くない。

奥山だけで楊弓場は五十軒以上もあった。

ご一新の後から奥山には撃剣会《げきけんかい》と称する見世物も見物客を集めるようになった。禄《ろく》を失った武士が剣の妙技を披露するのである。剣法のことなど少しも知らなくても、修行を積んだ武士の所作は庶民の眼を喜ばせるらしく、人気は高かった。

その中で、ひときわ評判の高い撃剣会の小屋があった。むさ苦しい男達に混じって妙齢の娘が二人いる小屋だった。

法螺貝《ほらがい》と太鼓の音が喧《やかま》しく聞こえたかと思うと、粗末な菰張《こもば》りの小屋の舞台に三人の男が躍り出る。月代《さかやき》と髭は伸び放題、着物も袴もしおたれているが、垢《あか》じみてはいない。

客の前に出るのだから、せめて見苦しくない程度に清潔を心掛けよと、男達は座元に言い含められている。男達の後から、白の稽古着に小倉《こくら》の袴の股立《ももだ》ちを取った二人の若い娘が現れる。舞台では巴《ともえ》と甲斐《かい》の名で出ている。

巴御前と武蔵国忍城《むさしのくにおしじょう》の甲斐姫《かいひめ》は武芸の誉れが高かった女性である。二人の名はそれにあやかったものである。

客は二人の娘が登場すると、「巴!」「甲斐!」と口々に叫び、歓声を上げる。質素な身なりながら水浅黄《みずあさぎ》の鉢巻《はちまき》と緋色《ひいろ》の襷《たすき》が眩《まぶ》しく眼に映る。錦絵《にしきえ》に描かれた女武者さながらの姿に客は誰しも興奮するのだ。

会津や薩摩では、ご一新の戦の時、女も従軍したという噂が流れていた。女が勇ましく薙刀《なぎなた》や小太刀《こだち》を振りかざして戦う姿は、男達には妙にそそられるものがあるようだ。

撃剣会はあくまでも見世物である。それでも、二人の娘は生計のために舞台に立っているなどと思わせないほど真剣だった。

一日舞台をつとめれば二朱が懐に入る。当初はもっと高額なはずだったが、蓋を開けてみれば、やれ衣裳代だ、化粧代だと差し引かれ、手許には二朱しか残らなかった。二朱は一両の八分の一だ。それでも抱えている家族を養うために二人は健気に舞台をつとめていた。

いかにも荒武者という態《てい》の男達は、それぞれの手に鎖鎌《くさりがま》や槍、長刀を持っている。迎え撃つ巴は薙刀、甲斐は備前祐定《びぜんすけさだ》、一尺三寸の小太刀を携えていた。

演舞とはいえ、真剣で行なうのだから、事前に細かく打ち合わせをしている。こう来たら、こう出る。そしてキメはこうだ、などと。

三人の男達の内、二人は剣法の腕を買われて、ご一新前は二百石を給わり講武所《こうぶしょ》に召し出されていた。もう一人は蝦夷松前藩の江戸詰めの家臣だった。むろん、客はそんなことを知る由もない。ご一新で禄を失い、糊口《ここう》を凌《しの》ぐ武士のなれの果ての姿でしかなかった。

まずは長刀で斬り込んできた男を薙刀の巴が果敢に打ち払う。次に槍方の男が攻める。薙刀が形勢不利になると、小太刀の甲斐が助太刀する。さらに鎖鎌が小太刀に絡みつく。

押して引いて、また押して。

何度か危うい攻防が繰り返され、最後は娘達が勝ちを収め、男達は参りましたと土下座して謝る。それで一幕が終わるのだ。

明治二年(一八六九)五月の浅草奥山は桜も終わり、夏を迎えていた。北の蝦夷地で起きていた五稜郭戦争もようやく収束したという。

これから武士はどうなるのか誰にも予測がつかなかった。撃剣会の面々も大いに不安を感じていたが、まずは喰うことが先だった。

武士の見物客は彼らを一様に侮蔑《ぶべつ》の眼で見た。さようなことをしてまで銭がほしいのかと、その眼が言っていた。

二

満面の笑みで客に応えた以登《いと》は幕が下りると唐突にその笑みを消した。千秋《ちあき》はそれに気づくと表情を堅くした。何か自分に粗相があったのかと思ったのだ。幕が下りれば巴は本名の小松崎《こまつざき》以登に戻り、甲斐は溝江《みぞえ》千秋になる。

以登は二十二、千秋は十九。二人とも下級とはいえ、れきとした幕臣の娘だった。

以登は十六歳の時から薙刀の修行に入った。

一方、千秋は父親と兄の指南で十歳から小太刀の稽古を始めた。だが、二人は剣法を通じて知り合ったのではなく、茶の湯の師匠が同じだったため、親しく言葉を交わすようになったのだ。以登は千秋を妹のように可愛がり、千秋もまた、以登を姉のように慕った。

二人とも女のきょうだいがいなかったので、なおさらだった。特に武道の話になると時間も忘れて話し合ったものだ。撃剣会の舞台に立つことも、どちらかが不承知ならば実現しなかっただろう。

一年前、以登と千秋は花見に奥山を訪れ、その時、小屋の前に貼《は》り出されていた女剣士募集の広告に目を留めた。二人にとっては誂《あつら》えたような仕事に思えた。

少しでも家の助けになればという気持ちが二人に思い切った行動を取らせた。それほど家は困窮していた。以登の両親も千秋の父と兄も表向きは反対した。武士の娘が何んたることをするのかと。しかし、身売りするよりましだと強く言うと、それ以上、反対はしなかった。両家の家族は駿府に行く路銀さえ、ままならなかった。住んでいた屋敷を新政府にあけ渡すと、両家は浅草寺にほど近い真砂町《まさご》で、しがない裏店住まいを続けていた。

以登と千秋は朝飯を済ませると、連れ立って奥山へ出かけ、舞台が終われば、また一緒に戻った。母親のいない千秋は家に戻ると、父親と五つ違いの兄の世話があった。以登の母親は千秋を不憫《ふびん》がり、毎度、お菜《さい》を届けてくれるので大層助かってはいたが。

「脇坂《わきさか》殿、本日のおぬしの間合《まあい》は狭過《せま》ぎた。それに勢いをなぜ止めぬ。わらわは、もう少しで胸を突かれるところだった」

以登は真顔で脇坂紋十郎《もんじゆうろう》に文句を言った。

千秋は自分に落度がなかったことで内心、ほっとした。

紋十郎は松前藩の藩士だった男である。紋十郎は以登の言葉に気後れした表情になった。髭だらけのむさ苦しい顔だが、眼は存外優し気《げ》だと千秋は思っている。

「申し訳ござらん。ちと心持ちが尋常ではなかったので」

紋十郎はもごもごと言い訳した。紋十郎は神道無念流《しんとうむねんりゆう》の免許皆伝で、藩の指南役を務めていた。ご一新の際、松前藩では相当の混乱があったらしい。下級藩士が上級藩士を弾劾《だんがい》したという。藩内では何人もの人間が殺された。紋十郎は騒動に巻き込まれるのを嫌い、江戸藩邸の御長屋《おながや》を抜け出したのだ。多分、藩では紋十郎の行方を追っていると思われるが、今のところ奥山の見世物小屋にいることは知られていないようだ。

もっとも、このご時世では、藩も行方知れずになっている家臣のことなど真剣に探すとも思われないが。

紋十郎は市中をさまよっていた時、見世物小屋の座元に拾われ、撃剣会の舞台に立つようになったのだ。後の二人も、だいたい似たような理由だった。

紋十郎は三人の男達の中で最も若い二十五、槍の森田覚之助《もりたかくのすけ》は三十五、鎖鎌の小野春之丞《おののはるのじょう》は四十二だった。

「心持ちが尋常であろうとなかろうと、それはわらわの関知することではござらぬぞ。輿入れ前のこの身体を傷つけては何んとする。以後、よくよく気をつけよ」

以登は遠慮もなく言い放った。その拍子に春之丞がからからと笑った。

「以登殿、そう言うからには、おぬし、これから輿入《こしい》れする所存か」

面と向かって訊かれ、以登は黙った。以登は世間並のことを言ったつもりなのだが、春之丞はいつも揚《あ》げ足を取ってからかう。

見世物小屋の楽屋でなければ無礼千万のことだ。千秋は憮然とした以登を上目遣いに見ながら、汗で濡れた鉢巻を取った。

「小野殿、以登殿が可哀想でござる。武士の娘が恥を忍んで撃剣会の舞台に立っておるのだ。当たり前の世の中なら以登殿も早々と伴侶を見つけて輿入れしたものでござろう。痛いところを衝《つ》くとは、おぬしもなかなか人が悪い」

覚之助は慰めにもならない言葉を喋《しゃべ》った。

春之丞は鼻でせせら笑い、鎖鎌をぼろ布で丁寧に拭いた。怪我を防ぐため、刃止めをしているが、力の加減でかすり傷を負うことはままあった。

「ご一新前は十九ともなれば、縁談も潮が引くようになくなったものでござる。二十歳を過ぎたら、それこそ行かず後家と陰口を叩かれた。世の中は変わったものでござるのう」

春之丞は以登だけでなく、傍《そば》にいる千秋にもちらりと視線をくれて言う。千秋はそっと眼を伏せた。輿入れする娘の適齢期は、ご一新前も今も変わりがないと千秋は思う。たまたま、世の中が混乱していたので、輿入れどころではなかったのだ。そんなことは、春之丞は百も承知していたことだろうに。

「小野殿、おぬしのお心遣い、痛み入る。したが、我ら、近々、上様のおわす駿府に旅立つ所存。落ち着いたら、さっそく輿入れ先を探すつもりでござる。わらわも二十二と、いささか薹《とう》が立っておるゆえ、急がねばならぬ」

以登がそう言うと、春之丞は呆気に取られた顔になった。以登と千秋が撃剣会から手を引くとなれば、三人の男達だけで客は呼べない。いや、三人で続けるにしても実入りは格段に少なくなるだろう。春之丞は、それに気づいたのだ。

「以登殿、それはまことの話でござるか」

春之丞は鎖鎌を磨く手を止めて以登をまじまじと見た。

「蝦夷地の戦も収まった。これからは世の中も少し落ち着くことでござろう。ご一新の混乱に乗じて、武士の娘がはしたない真似をしてしまった。もはやこれまでじゃ」

以登は、してやったりの表情で応《こた》えた。

「残された我らはどうすればよいのだ」

春之丞は先刻とは打って変わり、情けない声で訊く。

「さて、わらわはそこまで関知せぬ。撃剣会を続けるも、よそへ奉公するも、それはおぬしらの勝手。まあ、世の中は変わったのだから何をしようと後ろ指を指されることもあるまい、のう小野殿」

「貴様！」

激昂《げっこう》した春之丞を紋十郎が止めた。

「以登殿、もうそのぐらいで……」

「これはこれは、おなごの分際で口が過ぎたかのう。許せ」

以登はあっさりと言って帰り仕度を始めた。

座元から二朱を受け取ると、以登と千秋は裏口から外へ出た。その時、暮六つ（午後六時頃）の鐘が奥山に鳴り響いた。

三

「以登さん、さっきの話は本当ですか」

家路を辿《たど》りながら千秋が訊いた。稽古着の上に紗《しゃ》の羽織を重ねた恰好《かっこう》は二人の普段のものだ。頭は杉箸《すぎばし》を二つに折り、笄《こうがい》の代わりにしてぐるぐる巻きつけている。

当たり前の娘の恰好をしなくなって、もうずい分経つ。最初はそれも得意だったが、千秋はこの頃、男まさりの恰好に倦《う》んでいた。

「さっきの話？」

以登は怪訝《けげん》な顔で千秋を見た。

「駿府に行くことですよ」

「ああ、それは本当だ。向こうに行って家を借りるぐらいの蓄えはできたのでな。そなたのお父上も、その心積もりでおるそうな」

「そうですか……」

「これで小野殿の顔を見ずに済むかと思えば、いっそさっぱりする。いけすかない男だった」

「……」

「そなたはまだ撃剣会を続けたいのか」

黙った千秋に以登は心配そうな顔で訊いた。

「舞台に立てばお金が入ってきます。でも、やめたら、暮らしが立ちゆきませぬ」

「案ずるな。そなたのお父上と兄上は、いつまでも無為《むい》な暮らしを続けるつもりはござらん。向こうに行けば必ずやしかるべきお役目に就くだろう」

「そうでしょうか」

以登は駿府に行けば以前の暮らしが戻ると信じているようだ。だが千秋は、そうは思えなかった。江戸を離れたくないという気持ちが強かったせいかも知れないが。

「心配性のおなごだの」

以登は苦笑混じりに言う。

「わたくし達はいやな世の中に生まれたものですね。子供の頃、ご公儀が潰《つぶ》れるとは夢にも思いませんでした。父上が禄をいただくのを当たり前のように思っていたものですから」

「そなたは昔が恋しいのか」

「ええ」

「たれも昔がよかったと言う。年寄りならなおさらだ。だが、わらわは、それほどよかった時代が果たしてあったのかと思うぞ」

以登は夜空を仰いで、独り言のように言った。

「ご政道は万民のため、日々、改革に努めてきた。しかしご公儀がよかれと思うことは、必ずしも下の者によいとは限らぬ。時には窮屈を感じることもあっただろう。己れの思うようにならぬ時、はたまた不利に働く時、人々は昔はよかったと嘆《なげ》く。ご一新で武士は路頭に迷っておるが、農民、町民は案外、これでよい世の中になると思うておるやも知れぬ」

「それでは、わたくし達はこの先、どのように生きてゆけばよろしいのでしょう」

「働くことよ。禄など当てにせず、己れの力で生計の道を開くのじゃ。その心構えを身につけるために撃剣会に加わったと思えば、我らは胸を張れる」

以登を女にしておくのは惜しいと千秋はしみじみ思う。以登が男だったなら、千秋は迷わず以登の妻になっただろう。

「どれ、本日も暑い日でござったゆえ、汗になった。夕餉《ゆうげ》のご膳をいただいたら湯屋へ行こうぞ。背中を擦《こす》ってたも」

「承知致しました」

千秋は低い声で応えた。

裏店の門口《かどぐち》をくぐって、千秋は以登と別れた。以登の家は門口のすぐ傍で、千秋の家は奥まった所にある。ごみ溜めと総後架《そうこうか》の近くなので、部屋の中は風の向きで湿ったいやな臭いが漂った。

油障子を開けると、父と兄が所在なく茶の間に座って千秋の帰りを待っていた。

「ただ今戻りました」

千秋は二人の前に手を突いて挨拶した。

「ご苦労であった。本日の客の入りはいかがでござった」

父の溝江伝右衛門《でんえもん》は鷹揚《おうよう》な表情で訊く。齢四十八だが、頭髪は真っ白で、同じ年頃の男達より五つも上に見える。

「まずまずでございました」

千秋は懐から懐紙に包んだ二朱を伝右衛門に差し出した。伝右衛門はそれを受け取ると、自分の紙入れの中にすばやく入れた。

「それはよかったの」

伝右衛門は安心したように笑顔を見せた。

「父上、近々、駿府へ参るのでございますか」

千秋は羽織を脱いで衣紋竹に吊るすと、伝右衛門に訊いた。

「うむ。そのつもりもあるにはあるが……」

そう応えたが、兄の伝八郎《でんぱちろう》をそっと見て、何やら居心地悪そうでもあった。

「おれは反対だ。駿府へ参ったところで、いまさら昔の暮らしができるはずもない」

伝八郎はきっぱりと応えた。

「でも、兄上は徳川様の家臣だったのですから、駿府へ参ることは家臣のつとめではないのですか」

千秋は詰《なじ》るような口調で兄に言った。

「もはや徳川様の威光も地に落ちた。これからは新しい時代になるのだ。侍など、くそ喰らえだ」

「それでは、兄上は商家にでも働きに出るおつもりですか」

「それは……」

伝八郎は口ごもった。もはや妻帯してもおかしくない年頃だが、ご一新前から伝八郎に思うような縁談は来なかった。人を見下したような物言いをするので、周りの人間から嫌われていたからだ。

「以登さんのお家は駿府へ参ることを決めたようです。さすれば撃剣会の仕事もお仕舞いです。父上、わが家も早々にあちらへ参ることに致しましょう」

千秋は伝右衛門を急《せ》かした。

「そうは言っても、先立つものがのう」

伝右衛門は相変わらず伝八郎を気にして、きっぱりとした返事をしなかった。千秋は、かッと頭に血が昇った。

「撃剣会でいただいたものが貯まっておるはずではないですか。向こうで家を借りるお金と道中の路銀ぐらいあれば、その先は何んとかなりましょう」

「何を申すか。たかが二朱程度のはした金で大きなことを言うな！」

伝八郎はぎらりと千秋を睨《にら》んだ。

「たかが二朱とおっしゃいますが、わたくしは一年近くもそれを運んで来たのですよ。塵《ちり》も積もれば山となるのたとえもございます」

「金はないぞ。皆、生計のために遣った」

伝八郎はいけ図々しく応えた。千秋は思わず涙がこぼれた。

「許してくれ、千秋。辛抱しようにも、どうにも掛かりがあっての、思うように貯まらなんだ」

伝右衛門はさすがに娘が不憫で、哀れな声で謝った。毎晩、毎晩、二人は安酒とはいえ、酒を飲んでいた。先のことなど露ほども考えずに。いまさらながら千秋はそれが恨めしかった。

「父上、何も謝ることはござらん。娘が親のために働くのは当たり前のことでござる」

伝八郎は憎々し気に言う。親のためには働くが、五体満足の兄の面倒まで見るつもりはない。千秋は言えない言葉を胸で叫んだ。

「以登殿が撃剣会をやめても、お前一人でやったらよいだろう」

伝八郎は呑気に続ける。千秋はその時だけ、「できません！」と、硬い声で応えた。

「しからば、我らの面倒を引き受けてくれそうなお家に輿入れするしかないが、このご時世ではのう」

伝八郎は薄い顎髭を撫でて言う。輿入れした後まで実家の面倒を見なければならないのか。千秋は暗澹《あんたん》たる気持ちに陥った。

「あの松前の家臣では到底、無理でござろう」

伝八郎が思わぬことを言ったので、千秋は顔を上げた。

「兄上、それはどういう意味ですか」

「なに、脇坂という撃剣会の男が、お前を嫁にほしいと言うてきたのよ。おれは笑い飛ばしてやった。脱藩者同様の男に妹はやれぬとな。きゃつは意気消沈して帰って行ったわ」

そんなことは知らなかった。いや、紋十郎が千秋に対して、そんな気持ちでいることさえ気づかなかった。

しかし、兄の言葉で千秋は俄《にわか》に紋十郎が自分に向ける視線の柔らかさ、さり気なく手を貸してくれた優しさに合点がいった。

「あの男は駄目だ」

だが、伝八郎は吐き捨てる。

「お食事の用意を致します」

千秋は立ち上がって狭い台所に向かった。

米は伝右衛門が研《と》いでくれるが、伝八郎は何もしない。時代は変わった、徳川様のご威光は地に落ちたというくせに、一番それを引きずっているのは兄のような気がする。兄は新しい時代へ向けて頭の切り換えができずにいるのだ。

台所の煙抜きの窓から星が見えた。紋十郎は今頃、どういう気持ちでいるのだろうと思った。千秋が紋十郎のことを意識したのは、まさにその時だった。

四

以登と千秋が撃剣会から手を引くことは、すぐさま座元に伝わった。座元は案の定、渋い表情で、今、辞められては困ると言った。

舞台がはねた後のことだった。

「わらわは芸人ではござらん。いつまでもこのような仕事を続けられないのは、親方も最初から承知していたことであろう」

以登は座元の言葉を予想していたように応えた。

「へい、それは重々承知しておりやした。ですが、贔屓《ひいき》もついて、これからだって時なんで、ここは曲げて、今しばらく続けることをお願いできやせんでしょうか」

四十五の座元は体格のよい赤ら顔の男だ。

撃剣会の小屋だけでなく、水茶屋や楊弓場も持っていて、手広く商売していた。身に着けている単衣もひと目でわかる上物だった。

「江戸におるのなら、親方の頼みも聞けるが、何しろ駿府へ行くのだからどうしようもござらん。どうぞ了簡して下され」

「お二人とも駿府にいらっしゃるんですかい」

座元は未練あり気に訊く。

「ああそうだ。我らの親は徳川様の家臣でござるゆえ、上様が駿府に参ったからには、家臣もお傍へ参るのがつとめ」

以登はそう言うと、座元は短い舌打ちをした。承知したとも、不承知とも言わず、黙っていつもの二朱を手渡した。

撃剣会の男達は何も言わない。小屋を辞める二人を憎々し気な眼で見ているだけだった。

「親方、我らの舞台も切りのよい所で今月の晦日《みそか》までということにして下され」

楽屋から出て行く座元に以登は覆《おお》い被《かぶ》せた。

座元の肩がぴくりと動き、押し殺したような声で「へい、わかりやした」と応えた。

千秋は紋十郎と話をする機会を窺っていたが、それは思うようにはいかなかった。

未練を残しながら千秋は以登と一緒に小屋から出た。

「以登さん、わたくしの家は、もしかして駿府へは行けないかも知れません」

浅草広小路に出ると千秋は思い切って言った。

「それはまた、どうして」

以登は怪訝な顔で千秋に訊く。

「あちらまでの路銀が不足なのです」

「したが、そなたのお父上は撃剣会で入るものを蓄えていたはずではないのか」

「思うようにはいかなかったようです」

「……」

「でも、以登さんが撃剣会をお辞めになるのですから、わたくしも辞めます。一人で続けるつもりはありませんので。他に働く方法を考えます」

千秋の言葉に以登は深いため息をつき、「母上が案じていた通りだった」と言った。

「小母様が？」

「ああ。そなたの父上と兄上は、そなたが稼ぐのをいいことに、毎日、ぐうたらと過ごしておったそうな。あの様子では、金は貯まっておるまいと、わらわに言われた。わらわは、まさかと一笑に付した。娘が恥を忍んで得た金を簡単に遣う親がいるものかと思うていたのだ。だが、母上の勘は外れておらなかった。そなたの母上が亡くなってから、父上と兄上は腑抜けになりおった」

以登の直截《ちょくせつ》な言葉は千秋の胸に突き刺さった。

「そなたの母上はご立派な方だった。少ない禄で家を守っていらした。そなたの父上は何も彼も母上任せだったから、亡くなられて何も手につかない気持ちはお察し致すが、それにしても、母上が亡くなられて、早や三年が経つ。そろそろしっかりなさってもよろしい頃だ」

千秋の母親の昌江《まさえ》は三年前に風邪をこじらせて呆気なくこの世を去った。前日の夜から頭が痛いとは言っていたが、それほど具合が悪そうには見えなかった。家族に朝飯を食べさせ、手習いの後、琴の稽古に回る千秋のために弁当まで拵《こしら》えてくれたのだ。

梅干しを入れた小さなおむすびが三個と、卵焼き、古漬けの沢庵《たくあん》ふた切れ。

沢庵が好きな千秋は、もうひと切れ入れてと頼むが、三《み》切れは身を切るに通じると言って、決してそうしてはくれなかった。

娘の身を案じて、自分の身を縮めてしまったのかと、千秋は心底悔しかった。

稽古から戻ると、昌江は高熱を発して蒲団に寝ていた。伝右衛門がすぐに治ると言って医者にも見せなかったのが命取りになったのだ。

「父上は兄上の言うがままなのです。兄上さえしっかりなされば、我が家は安泰なのですが」

千秋は僅《わず》かに伝右衛門の肩を持つ。

「このまま、そなたが働かなくなって金に詰まれば、そなたの兄上は、そなたを悪所《あくしょ》へ売り飛ばすやも知れぬ。そういうことは世間でよく聞くことだ。わらわの母上はそれを心底心配しておる」

千秋はそう言った以登に驚いた眼を向けた。以登はすぐに口が過ぎたと気づいたらしい。

「極端なたとえ話をしてしまった。許してたも」

以登のもの言いは戦国時代の姫君のようだ。巴御前の生まれ変わりだと言われても、素直に信じたくなる。薙刀の女師匠のもの言いを、そのまま以登は倣《なら》ったままでだというが。

「もしも、本当にそうなったら、わたくしはどうしたらよいのでしょう」

「そなたはやけにこだわるのう。本当にそのような事態になったとしたら……」

「そうしたら？」

千秋は以登の言葉を急かす。

「そこまで父上や兄上の犠牲になることはない。さっさと逃げよ」

「……」

「娘を悪所へ売り飛ばすような親は、もはや親ではない。己れが馬鹿を見るだけだ。後のことなど構わずに逃げるのじゃ」

以登は豪気に言い放った。逃げる？　どこへ？　老いた父と、口ばかりで何もできない兄を自分は置き去りにできるのか。千秋は胸で自分自身に問い掛けた。答えは否。だが、ぼんやりと紋十郎の顔が浮かんでいた。

五

以登は座元へ宣言した通り、五月の晦日まで舞台をつとめた。月が替わった早々に、一家で駿府に旅立つという。

何分にも血腥《ちなまぐさ》い時期だったので、静岡でも市中取り締まりは厳重らしい。以登は市中取り締まりを務めている村上新五郎《しんごろう》という武芸の達人を訪ねるつもりだという。村上新五郎は以登の薙刀の師匠とは旧知の間柄らしかった。千秋のことも、よくよく頼んでおくから、路銀ができ次第、すぐに追い掛けてくるようにと念を押した。以登は静岡で市中取り締まりの一員に加えて貰うつもりのようだ。

駿府へ発つ前日の夜は以登の家に泊まり、二人は思い出話を語り合った。涙を見せたことのない以登が、千秋との別れを惜しんで何度も眼を潤《うる》ませたのが千秋にはこたえた。なぜか、千秋には、それが今生の別れに思えてならなかった。自分は駿府には行かないだろう。そんな気がしきりにした。

以登がいなくなると、千秋も毎日家にいるようになった。そうなると、途端に父と兄の浪費ぶりが目についた。二人は昼になると、決まって出かけ、近くの蕎麦屋や一膳めし屋へ出かけ、あろうことか酒を飲むことさえあった。これでは、いくら千秋がお金を稼いでも貯まるはずはなかった。文句を言うと、それならお前が満足のゆく昼飯を作れと伝八郎は怒鳴った。

ものの半月もすると、晦日に払う家賃のことを考えて、伝右衛門は落ち着かなくなった。

たかが三百文の家賃でと、千秋は涙がこぼれた。早々に次の仕事を見つけたいと口入れ屋（周旋業）を訪れてみたが、撃剣会のような仕事は、おいそれとはなかった。

ある日、紙入れの中身と相談しながら買い物を済ませて家に戻ると、伝右衛門と伝八郎は鰻《うなぎ》屋から出前を取って、なかよく酒を酌み交わしていた。

「どうなさったのですか。何かよいことでも？」

千秋は、もしかして兄に仕事の口でも見つかったのだろうかと思った。期待に胸が膨らんだ。しかし、それは甘い考えだった。二人は千秋の備前祐定を質入れしたのだった。三両を手にしたという。

冗談ではない。まともに買うとなったら備前祐定は四十両、いや、それ以上だ。父祖伝来の刀だった。それをこともなげに売り飛ばすとは。二人は武士の気概さえ失ったのかと思う。鰻の脂でぬらぬらした唇をした二人に千秋は心底呆れ返った。

千秋は買い物籠を台所に放り出すと、ものも言わずに家を飛び出した。この調子では、以登の母親が言ったように、本当に悪所に売り飛ばされないとも限らなかった。

あてもなく歩いていたが、足は自然に奥山に向かっていた。


撃剣会の小屋の看板から巴と甲斐の名が消えていた。ついこの間までのことが、今では遠い昔のことのように思えた。

案の定、客の入りは少なかった。いまさら、もう一度舞台に立たせてくれとは言えない。第一、備前祐定がないのだ。手になじんだ小太刀の重みが懐しかった。

しばらく小屋のたたずまいを眺めていたが、やがて千秋は踵を返した。行く宛などなかった。真砂町の裏店に戻るしかなかった。

戻り掛けてすぐ、千秋は自分の名を呼ばれた。振り向くと脇坂紋十郎が荒い息をして立っていた。

「脇坂様……」

千秋は地獄で仏に遇ったような気がした。

「小屋を出る時、後ろ姿をお見かけしましてな、もしや千秋殿ではないかと思いました」

紋十郎は嬉しそうに白い歯を見せた。

「お目に掛かれて嬉しい」

千秋に素直な言葉が出たのは、自分を妻に迎えたいという紋十郎の気持ちを知ったからだろう。

「本日はいかがなされた。奥山に何んぞ用事でも？」

紋十郎は心配そうに訊く。

「いえ、兄上とちょっと喧嘩をしてしまいましたので」

「千秋殿の兄上は、なかなかの頑固者らしゅうござるな。拙者も頭から怒鳴られ、ほうほうの態《てい》で逃げ帰ったものでござる」

紋十郎は愉快そうに話した。伝八郎にそれほど悪い感情を抱いていないのだと察すると、千秋は少し安心した。
「わたくしとの婚姻を申し出られたとか」
千秋は視線を足許に向けて言う。
「はい。拙者、以前より千秋殿が我が妻となったら、どれほど嬉しいことかと考えておりましたゆえ」
「なぜその前にわたくしに打ち明けて下さらなかったのですか」
「いや、それは……」
紋十郎は言葉に窮して口ごもった。
「兄上は大金持ちでもない限り、どのような縁談にも耳を貸さないでしょう。働かずに
わたくしの世話を受ける気持ちでおるのです。何んともお恥ずかしいお話ですが」
「生きる目的を見失った武士は、ご一新以後増えました。それは何も千秋殿の兄上に限
りませぬ。大抵は慣れぬ商いに手を出して失敗しております。後は家財道具を売って
細々と暮らしておるのです」
「以登さんは、このままでは、わたくしは悪所へ売り飛ばされるやも知れないとおっし
ゃいました」
そう言うと、途端に紋十郎は落ち着かないそぶりを見せ、辺りをきょろきょろと見回
した。

「こんな所で立ち話も何んでござる。どれ、晩飯でも喰いながらお話を伺うことに致しましょう」

「でも……」

若い男と二人きりで食事などしたことはなかった。空腹よりも千秋は臆する気持ちが強かった。

「なに、その辺のめし屋でしたら、さほど人の目を気にすることもありますまい」

紋十郎はそんなことを言う。奥山の近くで食事をしているのは、大抵は水茶屋か楊弓場の女と、その客だった。紋十郎はその中に紛れたら目立たないと考えていたようだ。

広小路の裏通りに縄暖簾を出している一膳めし屋に入ると、紋十郎が言った通り、男女二人連れの客が何組もいた。

千秋は少し安心すると同時に、居心地の悪さも感じた。二人のことを客は一様に訳ありなのだろうという眼で見た。見ているような気がした。

紋十郎はそんなことには構わず、板場に近い隅の小上がりへ千秋を促した。

晩飯のために用意されていた日替わりのおすすめ品の他に、紋十郎は酒を頼んだ。

店の小女と親しい口を利くところは、紋十郎のなじみの店でもあるようだ。

先にちろりと猪口《ちょこ》が運ばれて来ると、紋十郎は千秋にもどうかと勧めた。

「いいえ、御酒《ごしゅ》はいただきませんので」

千秋はほうじ茶だけでたくさんだった。

紋十郎は手酌で酒を注ぐと、うまそうにひと口飲んだ。目の前に千秋がいるかと思えば、幾分緊張も覚えているようで、腰に挟んだ手拭いで盛んに口許や額の汗を拭う。江戸の暑さは、まだまだ厳しく、店の中は客が混んでいるせいもあって蒸し暑かった。

「拙者はご一新の少し前、藩の同僚に誘われ脱藩しようかと考えたことがありまする」

紋十郎は自分のことを話し始めた。

「では、はっきりと脱藩した訳ではなかったのですね」

「さよう。籍は辛うじて残っておりまする。したが、籍があろうとなかろうと、所詮、同じことでござる」

「それはどういう意味ですか」

「ご公儀が瓦解すると同時に、いずれ藩の体制も形を変えることでござろう」

「藩がなくなるのですか」

千秋はつっと膝を進めて紋十郎の顔をじっと見た。

「いや、三百もの藩を今すぐなくすというのは到底無理なことですが、新政府は藩と違うやり方を考えておるらしいです」

「そうですか」

それでは駿府に行った以登の家族も、これでひと安心とはいかないだろうと思った。

「脱藩した仲間は新撰組に入り、それから五稜郭戦争にも参戦したようですが、戦争が終わる少し前に帰藩したと連絡がありました。それで拙者にも北の領地に戻って来いと盛んに催促しておりまする」

「いずれ脇坂様も蝦夷地へ戻られるおつもりなのですね」

「さよう」

千秋は身体から力が抜けていくような気がした。

「ためらっておったのは、そのう……あなたのことが気掛かりだったもので」

紋十郎はおずおずと続けた。

「ありがとう存じます。脇坂様のお気持ち、とても嬉しく思います。でも……」

「お父上と兄上のことが心配なのですね」

「ええ」

「したが、千秋殿はこのままでは悪所へ売り飛ばされるやも知れぬと不安を覚えておいでのようだ」

「父上も兄上も先のことを考えずに散財するのです。それは考えられないことでもありません」

「お父上と兄上のために千秋殿は犠牲になるお気持ちでいられるようだ。まことあっぱれなお心ばえ」

千秋に気づいた客が、「甲斐だ、甲斐だ」とひそかに囁《ささや》く声がした。千秋は聞こえないふりをした。

小女が運んで来たのは鰯の煮付け、青菜のお浸《ひた》し、卯《う》の花《はな》の小鉢、沢庵、それにしじみ汁がついていた。

「どうぞご遠慮なくお召し上がり下さい」

紋十郎は、膳の肴を摘まみながらゆっくりと酒を飲んだ。その表情はようやく緊張が解け、寛《くつろ》いでいるようでもあった。

他人が拵えた食事はどうしてこんなにおいしいのだろう。紋十郎と一緒ならなおさら。

千秋は胸で呟きながら箸を動かした。

「でも、父上や兄上にお話される前に、なぜわたくしに婚姻のことを打ち明けては下さらなかったのですか」

千秋はふと思い出して言った。

「それは、千秋殿が承知していたものと考えていたからです」

「わたくしが?」

千秋は箸を止めて紋十郎を見た。心当たりはなかった。

「撃剣会の舞台を始めてすぐの頃、千秋殿は神道無念流の流儀がよく理解されないご様子で、拙者に何度も間合のことなど訊ねられましたな」

「ええ、それは覚えております」

千秋は鏡新明智流《きょうしんめいちりゅう》だったので、他流の流儀にどうしても違和感を覚えたのだ。

「口で申し上げても埒《らち》が明かず、拙者は千秋殿に藩で使用していた指南書をお貸し致した」

「ええ……」

千秋は良心が咎《とが》める思いがした。紋十郎が貸してくれた指南書は、わかりやすく図解入りで技を説明したものだった。

千秋は家に戻って寝る前に、その指南書を少しずつ読んだ。

良心が咎めたのは、その書にしおり代わりにはさんであった押し花を勝手に貰ってしまったからだ。いや、勝手に貰った訳ではない。

和紙で丁寧に覆われた押し花があまり珍しかったので、脇へ退けておき、そのまま返すのを忘れてしまったのだ。

紋十郎は返せとは言わなかった。紫がかった黒いおおぶりの花だった。何んという名の花か知らなかったが、花びらの色に魅《ひ》かれた。

「申し訳ありません。あの時、押し花をお返ししませんでした」

千秋は慌てて謝った。

「いやいや、それでよろしかったのです」

「え？」

「もしも、黒百合《くろゆり》が戻されたとしたら、拙者は千秋殿のことをきっぱり諦めたことでしょう」

押し花は黒百合という名だったのかと思った。だが、紋十郎の言いたいことがわからなかった。

「黒百合は江戸より北の高い山に生えまする。百合の一種ですな。だが、香りはちと臭い」

紋十郎がそこで顔をしかめたので、千秋は朗らかな笑い声を立てた。

「わが松前藩の領地のある蝦夷地には蝦夷と呼ばれる民族がおりまする。わが藩はその蝦夷と交易をして禄を得ておるのです」

「狩猟民族ですか」

「さよう。川で鮭《さけ》の漁をしたり、熊や鹿を獲りまする。彼らは自然を神ともあがめます。伝説もたくさんござる」

「では、黒百合にも何か曰《いわ》くがあるのですね」

「さよう……」

紋十郎はそこまで言って、何やら逡巡する表情になった。

「お聞かせ下さいませ」

千秋はさり気なく紋十郎の話を急かした。

「そのう……黒百合をば、愛する者へそっと贈り、それを相手が受け取れば……」

「受け取れば？」

「二人は必ずや、そのう……結ばれると」

千秋は呆気に取られた顔で紋十郎を見つめた。紋十郎には全く似合わない言葉だった。

「それでは、わたくしがその黒百合を手に取ったので、わたくしの気持ちに間違いなかろうと脇坂様は思われたのですね」

「面目もござらん。青臭いことを申しました」

紋十郎は心底恥じ入って、顔を赤くした。

「蝦夷の伝説のままになれば、わたくしも嬉しい」

「では」

紋十郎は姿勢を正した。

「千秋殿に異存はござらぬのだな」

「はい。これから帰って、父上と兄上に話を致します。わたくしを北の松前へ連れて行って下さいまし」

父や兄に反対されても千秋は意地を通すつもりだった。紋十郎と新しい暮らしを始めるのだと思った。

六

思わぬほど遅く帰った千秋を伝八郎は口汚く罵《ののし》った。奥山でやくざ者に使われていたから、心根も蓮《はす》っ葉《ぱ》女になり下がったとまで言う。そんな兄の前で紋十郎のことは、とても言い出せなかった。

だが、日が過ぎてゆくごとに、千秋の中で焦る気持ちが生まれた。千秋は伝八郎の留守に、そっと伝右衛門に紋十郎のことを告げた。伝右衛門は大層驚いた顔をした。だが、お前がそれでよいのなら、自分は敢えて反対はしないと言ってくれた。

しかし、輿入れの仕度はとてもできないと、気の毒そうに言い添えた。

「構いません。このようなご時世ですもの、我儘《わがまま》は申しません。お許しをいただいただけでもわたくしは倖《しあわ》せでございます」

千秋は涙ぐんで伝右衛門に礼を述べた。

「ふがいない親で申し訳ござらん」

伝右衛門は殊勝に謝った。

「そんな。実の娘に頭を下げることはございません。ただ、父上がこの先、どうなさるのかが案じられてなりません」

「なになに、わしのことなど心配することはない。何んとかなる」

「紋十郎様が首尾よくお務めに就き、決まったものがいただけるようになったら、幾らかこちらの方へお送り致します。それまで父上、兄上とお二人で辛抱して下さいませ」

「心得た」

伝右衛門は低い声で応えた。本当に大丈夫かと思ったが、心配してもきりがないので、千秋は蝦夷地行きの決心を固めた。翌日は以前に紋十郎と行った一膳めし屋で落ち合う約束をしている。伝右衛門の言葉を伝えたら、きっと紋十郎は喜んでくれると思った。

しかし、伝右衛門は、しばらくそのことは伝八郎には黙っていろと千秋に釘《くぎ》を刺した。伝八郎が頭に血を昇らせてわめくことは予想できたので、千秋は黙って肯いた。

その夜、伝八郎の帰りは遅かった。夕餉の仕度を調《ととの》えても、伝八郎はなかなか戻って来なかった。千秋は伝右衛門に晩飯を食べさせ、蒲団を敷いて先に休ませた。

洗い上げた洗濯物を畳み、繕《つくろ》い物をしながら千秋は伝八郎を待った。

ようやく伝八郎が戻って来たのは五つ（午後八時頃）を過ぎていた。伝八郎はほろ酔いで、大層機嫌がよかった。

「喜べ、千秋。おれは仕官が叶った」

伝八郎は満面の笑みで千秋に言った。

「まあ、本当ですか。それでどちらへ？」

千秋は眼を輝かせて兄に訊いた。それが本当なら自分は安心して紋十郎の許へ行ける。

「津軽藩は五稜郭戦争でかなり痛手を被ったようだ。引き続き北の警備を任されておるが何しろ人手が足りぬ。それでおれに仕官せぬかと言うてきた。おれは喜んでその申し出を受けることにした」

津軽藩の領地は津軽の瀬戸を挟んで隣りになる。千秋が蝦夷地へ出向いても、父や兄に会うことは、それほど難しいことではないと思えた。

「兄上、おめでとうございます」

「うむ。お前には今まで大層苦労を掛けた。これからは恩返しをするぞ。今しばらく辛抱してくれい」

「心得ました」

「仕官となると、これまでは藩がすべての面倒を見たものでござるが、何しろ津軽藩も財政の維持が容易ではござらん。それで、ひとまず、向こうの領地まで辿り着く路銀その他はおれが立て替えることにした」

伝八郎の言葉に、千秋は俄に不安を覚えた。立て替えるといっても、そんな金は家になかったからだ。

「兄上、仕官はどなたのお勧めですか」

千秋はさり気なく訊いた。

「驚くな。奥山の座元よ。おれが水茶屋で茶を飲んでいた時に声を掛けられた。何んでも座元は津軽藩のおえら方とは昵懇の間柄だそうだ」

千秋は言葉に窮した。そんなことは聞いたことがない。だが伝八郎は上機嫌で言葉を続けた。

「お前には大層世話になったから、そのぐらいはさせてくれと言うた。それで、仕度金を二十両も弾んでくれたのよ」

「………」

何か腑に落ちない。千秋は俯《うつむ》いて思案した。

座元が二十両もの大金を弾むなど、どうしても考えられなかった。

「それでの、お前にはひと月ばかり、また小屋を手伝って貰いたいそうだ。たったひと月だ。それぐらいならいいだろう？」

伝八郎は酒臭い息を吐きながら千秋の顔を覗き込む。黙っていると声を荒らげた。

「溝江家の総領が仕官するというのに、妹であるお前は素直に返事ができないのか」

「兄上、夜も遅うございます。そのお話は明日、改めて伺います」

酒の入った伝八郎に逆らってもろくなことにはならないと考え、千秋は兄をいなして蒲団に入れた。

これはいよいよ、いよいよだと思った。駿府に行くといって撃剣会を辞めたのに、千秋はまだ江戸に留《とど》まっていた。伝八郎は仕事も見つからず、市中を徘徊《はいかい》している。座元にとって伝八郎はカモだった。仕官の話を匂わせたら乗ってくると。

座元の狙いはもちろん千秋にあっただろう。

撃剣会の舞台で沸かせた甲斐の人気を座元が放っておく手はなかった。

千秋は早く紋十郎に会い、このことを相談したかった。翌日の夜までが途方もなく長い時間に思えた。

翌朝、まだいぎたなく眠っている伝八郎を横目に見ながら、伝右衛門は「ちょっと出てくる」と言った。朝飯の後のことだった。

「父上、どちらへ？」

「なに、野暮用を思い出しての。昼過ぎには戻る」

伝右衛門はそう言って、そそくさと出かけた。千秋は台所の後片づけを済ませると、外へ出て洗濯をした。以登が傍にいないことが、この上もなく心細かった。兄のことも、以登ならすぐさま座元に詰め寄り、何を企んでおると訊いたはずだ。自分はまだまだ以登に及ばない。剣法も気持ちも、もっと強くならねばと千秋は思った。

「千秋、腹が減ったぞ」

ようやく起き上がった伝八郎は肩に手拭いを引っ掛け、房楊枝を使いながら千秋が洗濯している井戸の傍へやって来た。

「ただ今、ご用意致します」

千秋は下帯を絞り上げると応えた。

「明日辺り、奥山から迎えがやって来るゆえ、お前は用意しておけ」

「兄上、そのことですが……」

「昨夜も話したであろう。これは溝江家存続が叶うか叶わぬかの瀬戸際なのだ。四《し》の五《ご》の言わずに了簡致せ」

伝八郎は有無を言わせぬ感じで言った。千秋は唇を噛み締めて物干しに洗濯物を拡げた。

裏店の門口から足音が聞こえたと思うと、伝右衛門が額に汗を浮かべて戻って来た。その表情は冴えなかった。

「これはこれは父上、お散歩でござるか」

歯磨きを終え、口許を拭いながら伝八郎は訊いた。

「この暑いのに散歩などするものか。わしは津軽様へお前の仕官の話を確かめに行ったのだ」

そう言うと、伝八郎は途端に緊張した顔になった。

「新政府は大名家に版籍奉還《はんせきほうかん》の沙汰を下し、藩主は新たに藩知事として任命されたそうじゃ。諸侯、公卿《くぎょう》の呼称も廃止されて、華族とひと括《くく》りで呼ぶらしい。家臣は士族となるが、藩内の行政、治安を維持するために最低限の人数を残すのみで、他は非職として扶持《ふち》だけを与えるということだった。新たに仕官する話など、どこを探してもない。伝八郎、お前は座元に一杯食わされたのだ」

「まさか、座元は確かにおれに約束したんだ」

「お前、金を受け取ったのか」

「はあ……」

「すぐ戻してこい。このままでは千秋の身が危ぶまれる」

「しかし、仕官の話に気をよくして、少々散財してしまいました。どうしたらよろしいでしょうか」

「残りはその内に返すと言え」

「父上、ですが当てはござらぬ。ここは千秋に辛抱して貰うしかござらぬ」

「何を申す。千秋が悪所に売られてもよいのか！」

「三両ばかりなら、悪所といえどもすぐにけりがつきまする。な、千秋、堪《こら》えてくれ」

伝八郎は猫撫で声で千秋を振り返った。

「本気でおっしゃっているのですか」

千秋は醒めた眼をして訊いた。

「ああ、本気だ。悪いのはおれだ。それはよっくわかっておる。したが、遣ったものは仕方がないではないか。いまさらどうせよと言うのだ」

「兄上が働いてお返し下さい」

「何んだと。おれに町人の真似をせよと？　痩せても枯れてもおれは武士だ」

「わたくしは脇坂紋十郎様の許へ嫁ぎます。父上にお許しも得ました。もう、兄上の尻拭いは真っ平です」

そう言った途端、千秋の頰《ほお》が鳴った。伝八郎は眼を三角にして千秋を睨んでいた。裏店の住人達は何事かと油障子の陰から様子を見ていた。

「許さん。奥山ではしたない真似をしてお足を稼いでいたお前に、まともに輿入れができると思うのか。恥を知れ！」

自分の思う通りにならないので伝八郎はわめく。千秋は兄の暴力から逃れるように家の中に入った。外では伝右衛門が盛んに伝八郎を宥めている。悔しさに千秋の眼には涙が滲んだ。

父の言葉が本当だとしたら、紋十郎の立場も危うい。だが、江戸に留まっていたところでどうにもならない。紋十郎は千秋にとって僅かな希望の星なのだ。ついて行こう。何があっても。

千秋は用意していた風呂敷包みに眼を向けた。着替えと身の回りの物、そして和紙に包まれた黒百合の押し花。黒百合の伝説はきっと千秋を守ってくれるだろう。千秋はそう信じるしかなかった。

千秋は夕餉《ゆうげ》の買い出しに行くと言って家を出た。伝右衛門に別れを言いたかったが、傍に伝八郎がいたので、それはできなかった。

伝八郎は、まだ千秋が家のために働くことを疑ってはいない。どこまでも考えの甘い兄だった。

真砂町の裏店から浅草広小路の一膳めし屋まですぐの距離だ。

だが、表通りに出た時、撃剣会の小屋で木戸銭を集めていた男が、そっと見張っているのに気づいた。

「甲斐、どこへ行くんです？」

佐五六《さごろく》と呼ばれていた男は乱杭歯《らんぐいば》を剝き出して訊いた。

「お買い物です。何かご用ですか」

「いえ、用はござんせん。ちょいと通り掛かったもんですから。兄さんはおりやすかい」

「ええ、家におります」

「そいつァ、よかった」

何がよかったのかわからないが、佐五六はにやけた笑みのままだ。

「それでは急ぎますので」

「甲斐、逃げても無駄ですよ。巴も駿府へ行きやしたが、戻って来ておりやす。すぐに前と同じように一緒に働けるというもんだ」

「以登さんが？　以登さんは今、どこにいらっしゃるの」

「吉原田圃《たんぼ》で、きれいな着物を着て、ぬしさん、寄っていきなんしとやっておりやす」

さあっと千秋の顔から血の気が引いた。何んということだろう。

「どうしてそんなことになったんですか」

「さあ、おれも詳しくは知らねェんですよ。まあ、金に詰まってのことでしょうが」

「うそ」

「うそじゃありやせんよ。ですからね、甲斐も覚悟を決めることです。座元から逃げることはできやせん。あの人は恐ろしい男ですぜ」

最後は脅すように佐五六は言った。千秋は返事もせずに広小路へ急いだ。

一膳めし屋は相変わらず繁昌していた。

待たされるかと思ったが、紋十郎は存外に早く店に訪れた。

「脇坂様」

千秋は嬉しさのあまり甲高い声を上げた。

だが、紋十郎は無表情に千秋の傍へ来ると、いきなり千秋の腕を摑んだ。

「外で小屋の連中が見張っておる。千秋殿、何がござった」

板場へ引っ張りながら早口に訊く。板場には裏へ通じる戸がある。

「兄上が仕官を仄《ほの》めかされて、座元からお金を受け取ったのです」

「まずい」

「以登さんが吉原にいると聞きました。それは本当のことですか」

紋十郎はそれには応えず、「これから下谷《したや》新寺町《しんてらまち》の江戸藩邸に逃げ込む所存。千秋殿、油断なさるな」と命じた。

千秋が風呂敷包みを背中に括りつけると、紋十郎は千秋に自分の脇差しを持たせた。

「斬ってもよろしいのですか」

「降り掛かる火の粉は払わねば」

紋十郎はそんなことを言う。千秋はこくりと肯いた。

板場の亭主に目配せして外へ出ると、二人はそのまま西へ向かった。だが、追っ手はすぐに感づいて追い掛けて来た。

松前藩江戸藩邸の門に辿り着く前に二人は五人の男達に囲まれた。匕首《あいくち》を取り出した男達の眼は血走っている。獲物を前にした獣の眼だ。

紋十郎は刀の鯉口を切った。千秋もそれを合図に脇差しを抜く。

それは撃剣会の舞台ではなく、本物の果し合いだった。にも拘《かかわ》らず、千秋はさほど恐怖を覚えなかった。傍に紋十郎がいるせいだ。

何も怖がることはなかった。紋十郎がすべて収めてくれる。匕首を突き出した佐五六の小手を紋十郎は容赦なく払う。

女のような悲鳴が佐五六の口から洩れたと思った途端、地面に手首が転がった。

千秋はぎょっとしたが怯むことはなかった。

脇腹を突こうとした男の肩を斬った。

血しぶきが夕焼けの空より紅い。

「野郎！」

後の男達から押し殺した怒号が聞こえたが、彼らはそろそろと及び腰でもあった。

もうひと太刀。千秋は胸で呟いた。それは過去と決別するための覚悟のひと太刀だ。肉親の情を断ち切るためのひと太刀でもあった。

黒百合、黒百合、守っておくれ。愛する者と結ばれるために。

千秋は脇差しを正眼《せいがん》に構える。

「甲斐、そこだ！」

紋十郎が叫ぶ。まるでそれは撃剣会の舞台と同じだった。千秋は突き出された匕首を払い、つんのめって体勢を崩した男の背を袈裟《けさ》懸けに斬った。

ふわりと鼻を衝いたものは血の匂いか、はたまた背中に忍ばせた黒百合のものか千秋にはさだかにわからなかった。

黒百合、黒百合、守っておくれ。愛する者と結ばれるために。

祈りを捧げるように、千秋は何度も同じ言葉を繰り返した。紋十郎はその度に「うむ」と応えるのだった。

文庫のためのあとがき

宇江佐真理

「たば風」はサブタイトルに蝦夷拾遺《えぞしゅうい》とあるように、かつての北海道と何らかの関係のある短篇集です。私の郷土愛が書かせたものだと言っても過言ではないでしょう。

しかし、往時の面影は、私の住む函館はもちろん、江差《えさし》にも松前にもさほど残ってはおりません。それでも、山や川、海の色、空の色は変わっていないと思っています。江差の鷗島《かもめじま》近くの海を見る度《たび》、ここで旗艦開陽丸《きかんかいようまる》が座礁《ざしょう》したのだと感慨深く思い、また函館近郊の大野平野《おおのへいや》を眺める時は、ここで官軍と幕府軍の兵が闘ったのかも知れないなどと思うのです。つい歴史のフィルターを透《す》かしてものを見る癖は、私が曲がりなりにも、もの書きであるせいでしょうか。

表題作となった「たば風」には補足説明を加える必要があります。物語の中で、たば風を束《たば》になって吹きつけるから、そう呼ぶのではないか、などと書きましたが、それはちょっと違いました。

民俗学者柳田国男《やなぎたくにお》さんの論文「風位考《ふういこう》」によれば、たま、あるいはたばは霊魂の意味があり、たば風は悪霊が吹かせる悪い風ということになります。たば風は松前地方に限って遣《つか》われているのではなく、山形県の飛鳥《あすか》付近に吹く風もこう呼び、また庄内地方の方言にも、その言葉があるようです。しかし、いずれのたば風も日本海側で、主に冬に吹く北西の風という意味においては共通しております。

　このことを知ったのは単行本の「たば風」を上梓《じょうし》した後だったので、よく調べなかった自分の怠慢ぶりに私は臍《ほぞ》を嚙《か》んだものです。

　それから三年間、たば風の説明が書かれた新聞の切り抜きを後生大事に手帖に保存しておりました。今回、ようやく読者の皆様に正しい説明ができたことで、ほっと安堵《あんど》しております。申し訳ありませんでした。

　開陽丸が座礁の憂き目を見たのも、実にこのたば風のせいだと考えられます。冬に限らず、松前地方の風は函館より強く感じられます。毎年、春になると私は姪《めい》の子供達の運動会を見学するために松前の館浜《たてはま》という場所へ出かけます。全校児童が三十八人という小さな小学校ですので、父母参加の競技も多いのです。私も綱引きや買い物競走、果ては松前桜踊りなどにも参加させられます。

　風がなければ函館より暖かいはずですが、ひと度、風が吹くと、春だというのにストーブが恋しいほど、体感温度は低くなります。

また、松前の折戸浜《おりとはま》海岸という所で夏にキャンプをした時は、夜中にテントごと吹き飛ばされそうな強い風に遭《あ》い、冬の本当のたば風の強さは、どれほどのものかと恐ろしい気がしました。

しかし、それとは別に松前に咲く桜は全国でも有名で、花見の時季にはたくさんの人が訪れます。

「血脈桜《けちみやくざくら》」と呼ばれる桜の樹《き》は、光善寺《こうぜんじ》の境内に今もあります。緑の苔《こけ》の上に大きく枝を拡げた桜は、北海道の桜というより、どこか京風の匂いが感じられます。

かつては松前藩御用達《ごようたし》だったお菓子屋さんは店仕舞いし、当地名物の松前漬の老舗《しにせ》も経営が困難な様子です。そんな今の松前を寂しく思いながら、私の脳裏には大きく帆《ほ》を孕《はら》ませて水平線の向こうからやって来る北前船《きたまえぶね》や瀟洒《しようしや》な松前城、近江商人の出店《でだな》（支店）が軒《のき》を連ねる繁栄の松前の街が見えるのです。

面影を偲《しの》び、これからも松前に関する物語を書くことができれば幸いだと思っております。

平成二十年、二月。厳寒の函館にて。

解説

梶よう子

本作のサブタイトルは蝦夷拾遺。

作者自身のあとがきにあるように、「かつての北海道と何らかの関係のある」六編が収められている。また、函館出身の宇江佐さんの「郷土愛が書かせたもの」だという。蝦夷（北海道）を領有していた松前藩の幕末の動乱を背景にした作品をはじめ、様々な視点から蝦夷の姿が現れる。

拾遺とは、漏れ落ちたものを拾って補う、また、そうして作ったもの、と辞書にある。『たば風』はまさにそうした短編集だ。歴史の流れを太い幹に例えるなら、幹から伸びた枝の、さらにそこから分かれた小枝が描かれている。

歴史の渦に巻き込まれ、運命に翻弄された人々の、それぞれの物語――。江戸後期から明治にかけての激動の時代が描かれているので、それは間違いない。しかし、一編一編が織りなすドラマを一括りにしたくはない。物語の中の人々は過酷な運命と向き合い、己の人生を懸命に歩む。強風にあおられ、今にもぽきりと折れてしまいそうな小枝——大きな歴史から見れば、取るに足りない人々の人生が掬い取られている。

歴史の一頁を飾るような、ある分野で突出して華々しく活躍できるような人など、ほんのひと握り。だから、この六編に登場する主人公、それを取り巻く人々は、時代は違えど、現実の、取るに足らない圧倒的多数の我々そのままなのだ。知らない誰かの物語ではない。もしかしたら自分の話かもしれないのだ。

照らし合わせてほしい。どうにもならない苦難に絶望したこともあるだろう。深い悲しみに、打ちひしがれたことは誰しもあるはずだ。

表題作である「たば風」では、祝言目前にある不幸に見舞われながらも、揺るぐことのない情愛が描かれた。

熟年離婚を望む妻。息子に打ち明けると、思いもよらぬ難題を突きつけられる「恋文」。

貧しい家の生まれの者が立身出世して戻って来る。それを迎える側の複雑な心境を描く「錦衣帰郷」。

上野戦争に赴いた想い人の記憶を星に託す「柄杓星」。

「血脈桜」では、藩の存亡を左右する重責を担わされた娘たちの辛苦。

職を失い怠惰な暮らしを続ける父と兄のために働く娘の決意が鮮やかな「黒百合」。

どうだろう？　社会情勢も時代も異なるが、現代を生きる我々の思いや経験に置き換えることが可能なのではないだろうか。

本作は、物語の主人公の人生を描きながら、我々に起こり得るであろう、経験したであろう人生を描いているのだ。

さらに本書の短編いずれもが、胸を打つのは、たとえ樹木の末端の枝のような生であろうと、一本の木を構成する大切な一部であると気づかせてもくれるからだ。

それは、人として生きることの尊さ。

宇江佐作品には、それが根底に常にあるように感じる。

しかし、それは平坦でもないし、楽じゃない。他者を羨み、己を嘆く。そうした厳しさも説かれている。幸福な結末ばかりではないのは、著者の他の作品にも多くある。だからといって、生きることをやめてはいけないと思わせてくれるのが、宇江佐作品の力であり、メッセージであると受け止めている。

歴史時代小説は「人」を描け、といわれる。特別な人間を描く意ではない。普遍的な人の性《さが》を描くということだ。

だから、その作品が色褪せることはない。

幾星霜を重ね、世の中が変わろうとも、人の営みも性も変わることはないからだ。

歴史時代小説の愛読者ではあるが、書き手の立場から述べさせていただくと、「たば風」は、時代小説の要素がこれでもかというほど詰めこまれている作品だと思う。幸から不幸への急転直下、情愛シーン、剣戟の場面。そして物語を象徴するたば風の効果的な用い方。そういう意味では「黒百合」も好きな一編なのだが、物語の構成と展開でいえば、「たば風」は、これぞ時代小説！　を堪能できる。

あとがきで、たば風の解釈を補足されていたが、あのラストはまさに、たば＝霊魂そのものだったと思う。

宇江佐さんが亡くなってから、早七年が経った。享年六十六。あまりにも惜しまれる。

個人的なことで恐縮だが、宇江佐さんとは時折、書簡のやりとりをしていた。大抵は、私の相談事だったりしたが、多忙にもかかわらず丁寧なお返事をくださった。美しく整然と並ぶ少し右上がりの文字には、その文面とともに、真面目で気遣いの細やかなお人柄を感じた。

返書は大切に保管し、宝物になっている。けれど、なによりの宝は、こうして綴られた、宇江佐真理という作家が遺した作品に他ならない。

これからも読み継がれていくであろう物語の中で、作家の思いは生き続ける。

（小説家）

参考文献

『蝦夷草紙』最上徳内著・吉田常吉編

（時事通信社）

単行本　二〇〇五年五月　実業之日本社刊

本書は二〇〇八年五月に刊行された文春文庫の新装版です。

ＤＴＰ制作　ローヤル企画

文春文庫

蝦夷拾遺《えぞしゅうい》　たば風《かぜ》

定価はカバーに表示してあります

2023年5月10日　新装版第1刷

著　者　宇江佐真理《うえざまり》
発行者　大沼貴之
発行所　株式会社 文藝春秋

東京都千代田区紀尾井町 3-23　〒102-8008
TEL 03・3265・1211㈹
文藝春秋ホームページ　http://www.bunshun.co.jp

落丁、乱丁本は、お手数ですが小社製作部宛お送り下さい。送料小社負担でお取替致します。

印刷製本・凸版印刷
Printed in Japan
ISBN978-4-16-792045-6

（　）内は解説者。品切の節はご容赦下さい。

宇江佐真理
幻の声
髪結い伊三次捕物余話

町方同心の下で働く伊三次は、事件を追って今日も東奔西走。江戸庶民のきめ細かな人間関係を描き、現代を感じさせる珠玉の五話。選考委員絶賛のオール讀物新人賞受賞作。（常盤新平）

う-11-1

宇江佐真理
紫紺のつばめ
髪結い伊三次捕物余話

伊勢屋忠兵衛からの申し出に揺れるお文。伊三次との心の隙間は広がるばかり。そんな時、伊三次に殺しの嫌疑が。法では裁けぬ人の心を描く人気捕物帖、波瀾の第二弾。（中村橋之助）

う-11-2

宇江佐真理
さらば深川
髪結い伊三次捕物余話

伊三次と縒りを戻したお文に執着する伊勢屋忠兵衛。袖にされた意趣返しが事件を招き、お文の家は炎上した——。断ち切れぬしがらみ、名のりあえない母娘の切なさ……急展開の第三弾。

う-11-3

宇江佐真理
さんだらぼっち
髪結い伊三次捕物余話

芸者をやめ、茅場町の裏店で伊三次と暮らし始めたお文。念願の女房暮らしだったが、子供を折檻する近所の女房と諍いになり、長屋を出る。人気の捕物帖シリーズ第四弾。（梓澤　要）

う-11-5

宇江佐真理
黒く塗れ
髪結い伊三次捕物余話

お文は身重を隠し、お座敷を続けていた。伊三次は懐に余裕がなく、お文の子が逆子と分かり心配事が増えた。伊三次を巡る人々に幸あれと願わずにいられないシリーズ第五弾。（竹添敦子）

う-11-6

宇江佐真理
君を乗せる舟
髪結い伊三次捕物余話

不破友之進の息子が元服して見習い同心・龍之進に。朋輩とともに「八丁堀純情派」を結成した龍之進に「本所無頼派」の影が立ちはだかる。髪結い伊三次捕物余話第六弾。（諸田玲子）

う-11-8

宇江佐真理
雨を見たか
髪結い伊三次捕物余話

伊三次とお文の気がかりは、少々気弱なひとり息子、伊与太の成長。一方、不破友之進の長男・龍之進は、町方同心見習いとして「本所無頼派」の探索に奔走する。シリーズ第七弾。（末國善己）

う-11-10

宇江佐真理
我、言挙げす
髪結い伊三次捕物余話
市中を騒がす奇矯な侍集団。不正を噂される隠密同心。某大名の姫君失踪事件……。番方若同心となった不破龍之進は、伊三次や朋輩とともに奔走する。人気シリーズ第八弾。（島内景二）
う-11-14

宇江佐真理
今日を刻む時計
髪結い伊三次捕物余話
江戸の大火ですべてを失ってから十年。伊三次とお文はあらたに女の子を授かっていた。若き同心不破龍之進も、そろそろ身を固めるべき年頃だが……。円熟の新章、いよいよスタート。
う-11-16

宇江佐真理
心に吹く風
髪結い伊三次捕物余話
絵師の修業に出ている一人息子の伊与太が、突然、家に戻ってきた。心配する伊三次とお文をよそに、伊与太は奉行所で人相書きの仕事を始めるが……。大人気シリーズもついに十巻に到達。
う-11-17

宇江佐真理
月は誰のもの
髪結い伊三次捕物余話
大人気の人情捕物シリーズが、文庫書き下ろしに！　江戸の大火で別れて暮らす、髪結いの伊三次と芸者のお文。どんな仲のよい夫婦にも、秘められた色恋や家族の物語があるのです……。
う-11-18

宇江佐真理
明日のことは知らず
髪結い伊三次捕物余話
伊与太が秘かに憧れて、絵にも描いていた女が死んだ。しかし葬式の直後、彼女の夫は別の女と遊んでいた……。江戸の人情を円熟の筆致で伝えてくれる大人気シリーズ第十二弾！
う-11-19

宇江佐真理
名もなき日々を
髪結い伊三次捕物余話
伊三次の息子・伊与太が想いを寄せる幼馴染の不破茜は、奉公先の松前藩の若君から好意を持たれたことで藩の権力争いに巻き込まれていく。若者たちが転機を迎えるシリーズ第十三弾。
う-11-21

宇江佐真理
昨日のまこと、今日のうそ
髪結い伊三次捕物余話
病弱な松前藩のお世継に見初められ、側室になる決心をする茜。一方、伊与太は才気溢れる絵を描く弟弟子から批判されて己の才能に悩み、葛飾北斎のもとを訪ねる。（大矢博子）
う-11-22

（　）内は解説者。品切の節はご容赦下さい。

宇江佐真理
竈河岸《へっついがし》
息子を授かって覚悟を決める不破龍之進。一方、貴重な絵の具を盗まれた伊与太はひとり江戸を離れる――デビュー以来二十年間、大切に書き継がれた傑作人情シリーズの最終巻。（杏）
う-11-23

宇江佐真理
余寒の雪
女剣士として身を立てることを夢見る知佐は、江戸で何かを見つけることができるのか。武士から町人まで人情を細やかに描く七篇。中山義秀文学賞受賞の傑作時代小説集。（中村彰彦）
う-11-4

宇江佐真理
桜花《さくら》を見た
隠し子の英助が父に願い出たこととは。刺青判官遠山景元と落し胤《だね》との生涯一度の出会いを描いた表題作ほか、蠣崎波響など実在の人物に材をとった時代小説集。（山本博文）
う-11-7

宇江佐真理
蝦夷拾遺　たば風
幕末の激動期、蝦夷松前藩を舞台にし、探検家・最上徳内など蝦夷の地で懸命に生きる男と女の姿を描く。函館在住の著者が郷土愛を込めて描いた、珠玉の六つの短篇集。（蜂谷　涼）
う-11-9

宇江佐真理
大江戸怪奇譚　ひとつ灯せ
ほんとうにあった怖い話を披露しあう「話の会」の魅力に取り憑かれたご隠居に、奇妙な出来事が……。老境の哀愁と世の奇怪が絡み合う、宇江佐真理版「百物語」。（細谷正充）
う-11-11

宇江佐真理
江戸前浮世気質　おちゃっぴい
鉄火伝法、やせ我慢、意地っ張り、おせっかい、道楽三昧…。面倒なのになぜか憎めない江戸の人々を、絶妙の筆さばきで描いた、大笑いのちホロリと涙の傑作人情噺。（ペリー荻野）
う-11-13

宇江佐真理
神田堀八つ下がり
河岸の夕映え
御厩河岸、竈河岸、浜町河岸……。江戸情緒あふれる水端を舞台に、たゆたう人々の心を柔らかな筆致で描いた、著者十八番の人情噺。前作『おちゃっぴい』の後日談も交えて。（吉田伸子）
う-11-15

髪結い伊三次捕物余話

加藤　廣
秀吉の枷　（全三冊）
「覇王（信長）を討つべし！」　竹中半兵衛が秀吉に授けた天下取りの秘策。異能集団〈山の民〉を伴い天下統一を成し遂げ、そして病に倒れるまでを描く加藤版「太閤記」。（雨宮由希夫）
か-39-3

加藤　廣
明智左馬助の恋　（上下）
秀吉との出世争い、信長の横暴に耐える主君光秀を支える忠臣左馬助の胸にはある一途な決意があった。大ベストセラーとなった『信長の棺』『秀吉の枷』に続く本能寺三部作完結篇。
か-39-6

風野真知雄
耳袋秘帖
眠れない凶四郎（一）
妻が池の端の出合い茶屋で何者かに惨殺された。その現場に立ち会って以来南町奉行所の同心、土久呂凶四郎は不眠症に。見かねた奉行の根岸は彼を夜専門の定町回りに任命。江戸の闇を探る！
か-46-38

風野真知雄
耳袋秘帖
南町奉行と大凶寺
深川にある題経寺は正月におみくじを引いたら大凶ばかり、檀家は落ち目になり、墓をつくれば死人が化けて出る。近所の商人から相談された根岸も、さほどの事とは思わなかったのだが。
か-46-43

門井慶喜
ゆけ、おりょう
「世話のやける弟」のような男・坂本龍馬と結婚したおりょうは、酒を浴びるほど飲み、勝海舟と舌戦し、夫と共に軍艦に乗り長崎へ馬関へ！　自立した魂が輝く傑作長編。（小日向えり）
か-48-7

梶　よう子
一朝の夢
朝顔栽培だけが生きがいで、荒っぽいことには無縁の同心・中根興三郎は、ある武家と知り合ったことから思いもよらぬ形で幕末の政情に巻き込まれる。松本清張賞受賞。（細谷正充）
か-54-1

梶　よう子
赤い風
原野を二年で畑地にせよ――。川越藩主柳沢吉保は前代未聞の命を下す。だが武士と百姓は反目し合い計画は進まない。身分を超え、未曾有の大事業を成し遂げられるのか。（福留真紀）
か-54-4